さよならジュード

SAKURA

幻冬舎MC

いま、苦しんでいるあなたへ――。

この作品は実際の経験をもとに書き起こした物語です。
作中に登場する人物等の名称は全て架空のものです。

目 次

第1章　はじまり

第2章　試練

第3章　決意と悲劇

第4章　終わりと始まり

第１章

はじまり

I. ジュードとの出会い

2015/4/20

あの日ジュードが、バーのドアを開けて入ってきた時の姿を、今でもよく覚えている。私は友達数人と飲んでいて、彼は待ち合わせだったそうだ。

「誰？　知り合い？」

私の友達が聞くと、

「そうだよ、プロフィギュアスケート仲間」と答えたジュードのジョークに皆で笑い合った。

＊＊＊

子供が最近友達になった女の子たちとスケート場で遊ぶ約束をしたという。

子供はまだ9歳だったし、私も付き添うことにした。もちろん友達の子たちもお母さんかナニー（ベビーシッター）と一緒に来るだろうと思っていた。だが現れたのはお父さんだった。それがジュード。私たちの最初の出会いだった。

「よろしくね、私さくら。シングルマザーなの」

「よろしく、僕はジュード。キミはスケートする？」

「私はいいや」

子供はスケートを習っているので上手い。楽しそうに滑っていく。私は遠慮して、彼に子供たちと滑ってもらい、待合室で待っていた。

その時は娘思いの良いお父さんだと思っていた。

しばらくして子供がジュードの携帯を借りて、私に電話してきた。スケートには飽きたから公園にいこうと言う。それから公園に移動して遊んだが、子供が疲れて機嫌が悪くなってしまったので、みんなと別れて家に帰った。

子供が彼の携帯を使ったせいで、私は自然に彼の番号を知ることになった。とりあえず今日のお礼と子供が不機嫌になったお詫びのメールをしたところ、すぐに返信があり、子供たちを遊ばせようねという話になった。しかしなかなかタイミングが合わずそのままになっていた。

そして、バーで偶然の再会。

その日の彼は、スケート場で見た良い父親の姿とはまるで別人だった。シャツの着こなし、ヘーゼルの髪色にグリーンの瞳、身長が高く手足も長い。私は強く惹かれ始めていた。

彼は連れとすぐに出ていってしまったが、しばらくしてメールが来た。

「今日は偶然会えて嬉しかったよ！」

「私もすごく嬉しかったよ」

そして思い切って「近々飲みにいこうよ！」と送ってみた。返信がなければ、社交辞令ですませればいい。

だがジュードの反応は早かった。

「金曜日はどう？　関西の出張があって帰りが遅くなるけど遅めの飲みとかどう？　予定ある？」

「その週の金曜日は私のいとこの旦那さんがアメリカから日本に出張で来る予定だから、多分飲むことになるわ。良かったらジョインする？　で、違う日に二人で飲もうね」

そして金曜が来た。

4/24

「今日はどんな感じ？　僕本当にジョインしていいのかな？」

ジュードからメールが入る。

「もちろんだよ六本木のバーはどう？」

結局私の他の友達も合流し、5、6人の集まりになった。

店はたくさんの外国人や外国人観光客で賑わっていた。私のいとこの夫はジュードと話が弾み楽しそうに飲んでいたが、12時を過ぎると疲れて帰ってしまった。店内は座る席もないほど混んでいた。

気が付くと、一つ空いた席にジュードと私が半分ずつ座っていた。

「君、すごく良い香りがするね」

と彼が耳元でささやく。私の腰に手を回す。その全てが心地良かった。

気が付いたら私たちは私のマンションにいた。

ずっと我慢していたものが手に入ったような気持ち。夢中で自分の服を脱いで、そしてお互いの服を脱がせ、キスをした。

キスだけでこんなに気持ちがいいのは、生まれて初めてだった。

そして長いキスのあと、彼が私の中に入ってきた。貪りあうように愛し合った2時間。私たちの初めての夜は最高の夜だった。

＊＊＊

「何してるの？　次はいつ会える？　次の休日は何してるの？」

少しでも時間ができれば彼は私の家に来て、その度激しく抱き合った。

ある日彼が食事に誘ってくれた。考えてみれば外で会う初めてのデートだ。おしゃれしてドキドキしながら待ち合わせ場所に向かったのを、今でも覚えている。

原宿のスペイン料理の店だった。時々キスしながら、自然に体に触れながら過ごす時間。私たちはどんな関係に見えるだろう。普通の恋人同士だとみんな思うだろうか。

「自分の誕生日を入れると運命の人の誕生日が出てくるサイトがあるのよ。私のを入れると、ほら、あなたの誕生日でしょ？　私たち、運命かもね。でもね、私はあなたの家庭を壊す気なんてないからね」

食事をしながらそんなことも言って笑った。

食事だけで満足はできなかった。もっと欲しいものがある私たちは渋谷のラブホテルへ。いつものように長いキスをして一つになる。頭の中が真っ白になるくらい気持ちいい。彼の体は、私にとって麻薬のようだ。

終わったあと、彼が、

「君に対して特別な気持ちがあるんだ」

と言う。

「そうなんだ。嬉しい、ありがとう」

と言って一緒にタクシーに乗った。私を先に家に降ろしてもらい、彼は家族のいる家へ帰っていった。

彼は既婚者なのだ。特別な気持ちって何？　好きということ？

遊びとして好きということなのかもしれない。私にとってはゲームのような感覚。

でも彼のように魅力的な男性から選ばれた。そのことが何よりも女としての自尊心を満足させた。

II. 彼のファミリー

ジュードと会うのは、平日がほとんどだった。

週末の彼は3人の女の子たちの世話をよくする本当に良いお父さん。子供たちと居る様子などの写メも送られてきた。

ただ私たちは子供を通じて知り合っているので、彼の娘は私の顔を、私の子供は彼の顔を知っている。二人が一緒に居るところを見られないように気を付けた。

私には子供がいて、彼には家庭がある。これは大前提だ。頻繁に会えないのは当り前だし、メールも私からは絶対にしないようにしていた。いつも彼の方からメールをしてくれた。

＊＊＊

彼は国際弁護士で、私と出会った頃は日本に住んで12年目だったそうだ。クライアントは日本企業だが担当者は皆英語を話すので、彼は日本語は読めるが書いたり話したりはできない。奥さんはアメリカ人でもちろん日本語は喋れない。娘が3人で、奥さんも働いていたので平日の子供の世話や、家事はフィリピン人のお手伝いさんがしていた。

なかなか会えないことも多くジュードは

「会いたい、君を感じたい。毎朝目覚めて隣に居てくれたらどんなに幸せか」とメールをくれた。甘い言葉は英語にするともっと甘くなった。

＊＊＊

カリフォルニア出張が決まったから、その前にどうしても会いたいと彼からメールが来た。そして彼の仲間たちと一緒に食事をしたので、私は友達として紹介された。

皆の目を盗んで体に触れ足をからめる。そんな悪戯もすごく楽しい。彼も私もだんだん大胆になり、耳にキスをする。そしてトイレに隠れて長いキスをした。

「ごめん、もう我慢できないよ、僕」

その日は金曜日。私の家に来て、朝まで過ごしてしまった。

初めての朝帰り。奥さんに疑われなかっただろうか。心配だったが、どうやら友達と飲んでそのまま築地にご飯を食べにいったと嘘をついてたらしい。

6/6

彼がカリフォルニアからラインをしてきた。

「東京で問題が起きているんだ」

今からディナーだからと言ってラインが終わった。何だろう、奥さんが私たちのことに気付いたんだろうか。

夜、彼から電話があった。

声が暗い。

「実は今妻が妊娠してるんだ。彼女は何度も浮気をして僕を苦しめた。でも去年もう絶対に浮気しないから、やり直したいと言われた。僕たちには子供が3人いるし、僕が我慢するしかないと思ったんだ。僕はもう子供を欲しくなかったんだけど、彼女が、私は子供はもうできない体だから大丈夫だと言うから避妊しなかった。そして妊娠してしまったんだ。そして君と出会った。君を愛し始めてしまった」

彼は涙声だった。

　次の日ラインが来た。
「おはよう、昨日はごめんなさい。君にとって聞くの辛い話だったと思うから」
「うん。なんて言ったらいいか分からなかった。少しショックだったから……」
「僕も戸惑っている。君はまた僕と会ってくれるかな」
「会いたいよ」
「会って話すべきことだったのに、ごめん」
「正直に話してくれてありがとう」
「うん」
「奥さんはあなたの行動を疑っているの？　ラインは見られたの？」
「この前の朝帰りを疑っている。ラインの内容は見られていないけど、僕がラインしてるところを見られて、携帯チェックされた」
「いつそんなことあったの?!」
「カリフォルニアに発った日、羽田に行く前。文章は読まれていないけれど」
「彼女たち、いつNYに帰るの？」
「6月22日」
「奥さんは子供を作ることによって夫婦関係を修復しようと思っているんじゃない？」
「修復はできないよ」
「じゃあ、何？」
「子供を作ることによって状況をもっと複雑にしてるんだよ」
「赤ちゃんを見たらあなたが変わると思ってるんじゃないの？　必死だったんじゃないかな」
「正直言って、彼女の考えてることは分からない」
「私も分からないよ、想像してるだけ。で、彼女に疑われてること、認めたの？」

「僕は、ジムで出会った子とチャットしてるだけだって言った。多分信じてないけど」
「そうなんだ。私にどうして欲しいの？」
「君がどうしたいかは君が決めるべきだよ。多分僕からは離れた方がいいかもしれない。僕は君の生活を壊してしまうかもしれない」
「じゃあ私次第ということね？」
「僕は君にふさわしくないかもしれない」
「あなたの気持ちは？　まだ私に会いたい？」
「会いたいよ、でも君にとってフェアじゃないの分かってるから」
「私はあなたに会いたい」

　この頃から私は、彼をかわいそうな男性だと考えるようになった。真面目で優秀な国際弁護士で、子供を大切にするいいお父さんなのに、奥さんに何度も浮気をされた上、騙されて4人目の子供を作られてしまう。なんてひどい奥さんなんだろう。しかも奥さんの職業は心理カウンセラー。頭が良いんだろう。純粋な彼のことを操り、子供を作れば彼は逃げないと縛り付けているんだろうと思った。そう考えると自分が不倫をしている罪悪感は全くなくなった。私が彼のオアシスになってあげなければ。

　彼からラインが来た。
「東京に戻ったら、妻に疑われている中で会うのは難しいと思う。でも彼女が子供たちを連れてNYに帰るまでたった2週間だから。待っていてくれる？　それから連絡はラインだけにしよう」
「彼女は計画的に妊娠したんだね」
「うん、計画していたとあとから知らされたよ。ひどい話だ」
　彼女にとっては、ジュードを失わないための行動だったんだろう。
「もし私があなたの前に現れなかったら、あなた、他に寂しさを埋めてくれる人をみつけてたのかしらね？」
　彼は驚いた様子だった。
「分からない。だけど君に会えたことで僕は本当に幸せになった。また誰かを愛せる日が来るなんて思いもしなかったんだ」

III. 秘めたる日々

6/9

　ジュード帰国。
「これからはより慎重に連絡を取り合おう。また携帯をチェックされるかもしれないから、このラインの会話は全部消さなきゃいけない。それと今から数週間は僕がメッセージを送ったら5分以内に返事を送って。5分過ぎたら返信はしない方がいい」
「もちろん、私からは連絡しないから大丈夫だよ」
「理解してくれてありがとう。君が恋しかった」
「私も同じだよ」

　それからしばらくは会わずにメールのやりとりが続いた。最後に会ったのはカリフォルニア出張前だからもう2週間以上は会っていない。でも愛おしさが溢れる言葉が、会えない寂しさを癒やしくれた。私は確かに愛されている。そんな自信があった。
　6月22日には彼の家族がNYに帰る。そして27日に下田に行く約束をした。

6/22

　彼の家族がNYに帰国した。今日は会えないだろうと思っていたけれど、連絡が来て食事に行くことになった。

やっと会えた。会えなかった3週間は本当に長かった。店では腕をからませ、寄り添いながら、食事をした。ワインセラーからワインを選ぶ時も手を繋ぎながら。もう一時も離れたくなかった。

食べ終わったら家に直行。会えなかった分、本当に燃えるようなセックスをした。ジュードの全てが愛おしくてたまらない。

「ずっと、会いたかった、君が恋しかった。君の体が大好き」

ずっとキスをしていたから、彼の髭がこすれて私の顎が真っ赤になった。どんなに痛くても皮が剝けても構わない。もう唇を離したくなかった。

彼の家族が帰国した日から仕事が忙しいという理由で私は子供を母に預けた。だから一人暮らしの部屋に毎日ジュードが帰ってくる。本当に幸せな日々だった。

彼はどんなに遅く帰って来ても激しく私を抱いた。そのまま眠って夜中に目覚めればまた抱き合った。すごく気持ち良くて、ずっとしていたいと思った。こんな人に会ったことはないし、もう2度と会わないと思う。私はそんなジュードにますます惹かれていった。彼も私を一生懸命愛してくれた。

IV. 二人だけの旅行

6/27

初めての旅行は伊豆下田だった。彼の運転で晴天の中高速を飛ばす。すごく気持ち良い。お互いの好きな曲を交代で流した。運転中の彼の首にキスしたり、彼が運転する姿の写真を撮った。時には彼の手を取って私の洋服や下着の中へ。そんな悪戯もした。二人でいれば何もかもが楽しかった。

お昼は彼が予約しておいてくれた店で海鮮丼を食べた。この旅行のために下調べをしてくれていたことが嬉しい。ジュードは外国人だけど好き嫌いがなく何でも食べることができる。日本人が好きな納豆、スッポンなども美味しいと言って食べてるところがかわいかった。

「あなたが私の奥に入ってる時がすごく好き」
「僕も君の中に入るのが大好き」
旅館の部屋で、露天風呂で、私たちはこれまで以上に激しく愛し合った。彼の膝は畳に擦れて皮が剝け真っ赤だったが、それでも構わず深く深く突き続けた。

次の日は目の前のビーチでゆっくり過ごした。周りの目など全く気にせず、ずっとキスをしていた。
「こんなに美しい人見たことない。すごく綺麗だよ。今までそんなにたくさんの人とは一緒に居たことなかったけど、会った人の中で一番セクシーで綺麗」
あっという間に時間が過ぎ、夕方東京へと戻った。

彼は本当に優しかった。何か食べて帰る？　それともテイクアウト？　デリバリーしたい？　いつでも私が望むことを最優先にしてくれた。プリンセスのように扱ってくれる王子様だった。そしてベッドでは私を狂わせる。

こんな人に会うことはこの先もうないかもしれないと今も思っている。

子供が夏休みに入ってからは、色々なサマーキャンプに行かせるようにした。その方がジュードに会いやすくなる。「お友達作ろうね！」って言って週末のキャンプに行かせた。ジュードは土日しか休みがなかったからだ。彼も「どこかいこうね」と色々と計画を立ててくれて、最高に楽しい夏だった。

彼の愛情表現は本当に豊かで、自然で、とても気持ちが良かった。会えない時でも彼からのラインを読むだけで私は幸せになった。私たちは離れていても繋がっている。いつも一緒に居る感じがした。

V. 恋に落ちた〜Aishiteimasu.

7/11

ジュードと初めてジェットスキーにいった。

うきうきしながらジュードの運転で千葉へ。

ランチは彼が見つけておいてくれた丘の上のカフェレストラン。海を見下ろしながら、美味しいピザを食べた。

マリーナに到着。免許を取っておいて良かった。ジュードとのジェットスキーは想像以上に楽しくて興奮した。房総の海と繋がっている湖でのジェットは最高だった。二人共猛スピードで湖中を走った。素晴らしい景色で大きな湖。水も綺麗だった。

少し走らせるとジェットのエンジンを切り、私たちは向かい合わせに座ってキスをした。ジェットの上でこの広い湖のど真ん中で。

「さくら、君をとても愛してるよ。太陽に当たるあなたの瞳はすごく美しい。こんなに美しい人は見たことがない」

「私も愛してる。あなたも美しいわ。あなたが欲しい」

「僕は君のもの」
「入れて。ファックして」
ジェットの上での挿入。上半身はライフジャケットを着たまま。他のボートやジェットが通り過ぎ、皆が私たちを見ている。スリルがたまらない。すごく気持ち良かったし、かなり興奮した。
二人共日焼けを気にすることもなく夢中で遊んだ。彼は私の写真や動画をたくさん撮った。大人になってもこんなにはしゃげるなんて。ジュードは私にいろんなことを教えてくれた。

その夜は彼が予約した旅館へ。今でも鮮明に覚えている。二人共くたくたなはずなのに、また激しく求めあった。朝が来るとカーテンを全て開け、自然光の中で一つになった。二人共汗だくで、真剣なセックス……終わったあとはいつも静かに抱き合う。あまりの疲労でたまにキスをしたままの体勢で眠りに落ちてしまうこともあった。

VI. 彼との夏

7/13

「週末は楽しい時間をありがとう。君と過ごす1分1秒全ての時間が大切だ」
「こちらこそ全ての時間をありがとう」

平日は仕事がとても忙しい人だが、合間にたくさんラインしてくれた。次のデートプランや食事のプラン、エッチなラインなど会話が絶えない。
私たちは身体だけでなく、心も繋がり始めていた。

「今週の金曜日は何してるの？　土曜日は？　僕は金曜日も土曜日もディナーが入ってるんだけど……だからジェットは日曜日に日帰りだけど行きたいな」
「今NYから友達が来てるから多分一緒に居ると思う」
まだ友達に彼のことを話してなかった。既婚者と付き合っていると知ったら、友達がどんな反応をするか心配だった。だがジュードは「君の友達なら紹介して欲しいな」と言う。
結局3人で食事をした。楽しい会話と美味しい食事とお酒。彼は私の友達のこともとても大切にしてくれた。あとで「彼があなたを見つめる視線がすごく愛おしそうだよ」と友達が言ってくれた。

逆に、ジュードの友達を紹介してくれることもあった。
「僕の友達にも会ってくれる？　4人でダブルデートしよう」
彼も弁護士で名前はデイヴィッド。ジュードとは長い友達のようだ。アメリカ人の奥さんがいたが、離婚して今は日本人の女性と再婚した。4人で焼き鳥を食べたあと、カラオケへ。次の日は二人共二日酔いになるほど飲んだが、とても楽しい時間だった。
ジュードには奥さんと子供がいて、私たちはいわゆる不倫の関係。どんな場でも堂々とできるカップルではない。最初から分かっていることだ。だからこそお互いの友達を紹介し合うのは、誰かに認めてもらえたようで嬉しい。そして彼の本気さが分かったようで幸せな気持ちになれた。

7/26

11月24日はジュードの誕生日。出会って初めての誕生日は一緒に過ごしたい。だけど奥さんの出産予定日も11月24日なのだ。なんと皮肉な偶然だろう。

ジュードも同じ気持ちらしい。ちょうどその日は私たちが好きなアーティストのコンサートがある。彼がチケットを取ってくれた。一緒に行けない可能性が高いのは二人共分かっていた。でも万が一出産予定日がずれて遅くなったら一緒にいこうねと約束した。

その日の夜メールが来る。
「君を僕の腕の中に感じながら一緒に眠りにつくことができたらいいのに」
「あなたが本当に愛おしい。私もあなたの腕に包まれながら眠りに落ちるのが大好き。キスをしながらいつのまにか眠ってしまったことがあったよね？」
「僕も覚えているよ」
「とても気持ち良かった」
「でも最近少し怖いんだ。いつか君がもう僕に飽きて誰か他の人を欲するようになるかもしれないし」
「人生は予期できないね。私もまたこんなに誰かと恋に落ちるなんて思わなかった。ただ今言えるのは私はあなたと一緒に居て本当に幸せだということ。そしてあなたは私をすごく幸せな気持ちにしてくれる」
「僕たちもっと早くに出会っていれば良かったのに。それに僕は結構心配性なんだよ」
ジュードは奥さんの浮気がトラウマになっているのだろう。私が彼に飽きて違う人を求めるなんて、考えられない。こんなに完璧な人に会ったことないのに……。そんな彼の不安を私が取り除いてあげたい。私は彼のオアシス。

7月も終わりに近づき、8月に入ろうとしていた。ジュードと親しくなってまだ4ヶ月くらいだけどもうずっと一緒に居る気がする。それなのにもっと一緒に居たい。全然飽きない。彼も私の笑顔を見るのが好きだと言う。私を幸せにすることに喜びを感じ、それが彼の幸せになっている。

8/15

彼に誘われて、初めて灯籠流しにいった。願いごとを書いて隅田川に流すロマンティックで素敵な儀式。毎年来ようねと約束した。
そしてその後、どこもお盆休みもしくは予約が取れず、飛び込みで入った焼き鳥屋さんでの夕食だったが楽しくて美味しかった。

「ミシガンに住んでるいとこのリリーと夫のダニエルが今度日本に遊びに来るの。一緒に会ってくれる？」
「もちろんだよ。でも僕の話、もうしたの？」
「うん、した。私が会って欲しいなんて人がいるなんて真剣に言うの初めてだから、びっくりしてた」
「真剣じゃないって？　いつもは遊びなの？」
「そんな真剣になれる人なんて、滅多に出会えないよ」
「リリーやダニエルに僕が会っても大丈夫なの？」
ジュードは私が既婚者の彼を二人に紹介することで、二人にどう見られるか、私が居心地の悪い思いをするのではないか心配していたのだ。
「リリーは私の親友のような存在だから、あなたの話はしたけど、あんまり深くは聞いてこなかった。ただ『さくらが真剣に好きな人なら会うよ。会って色々とインタビューする』って言ってた」
既婚の男性が遊びで私と付き合っているなら、会って欲しくないという気持ちも彼にそれとなく伝えた。
「僕が遊びなんかじゃないのは、君が一番知ってるでしょ？　分かった、覚悟しなきゃね、そのインタビューにパスしないと。でもダニエルはなんて言ってるの？」
「ダニエルはなんか色々と言う人じゃない」
ジュードは同じ男として、そして自分は既婚者だから、ダニエルに何か思われているんじゃないかと考えたのかもしれない……。
「分かった。じゃあレストランを決めて、その後どうするか二人のために計画立てようね」
既婚者のジュードが、私の家族に喜んで会うと言ってくれているのが何よりも嬉しかった。これで何かまた変わるのだろうか。彼が私の家族の一員になる？　そんな期待さえ生まれた。ジュードは自慢の彼。私が関わるほぼ全ての人に会ってもらい、私の付き合ってる人はこんなに素晴らしい人なんだよと自慢したかった。

8/18

リリーたちと会う日が来た。私とジュードはリリーのプレゼントをデパートで買った。彼が予約してくれたのは、外国人に人気がある高級炉端焼きの店。会話が弾み、笑いも絶えない。とても楽しい時間を過ごした。
食事のあとはバーへ。「じゃあ私はジュードと話がしたいから、さくら、ダニエルと話をしていて」とリリーはジュードと別のテーブルにいった。
私にはいとこが4人いるが、一番話しやすく、オープンな性格だ。中学生くらいから急に仲良くなった。朝まで語り合ったこともあるし、色々親身になってくれる親友のような存在。だからこそリリーはジュードが本当に真剣に私と付き合っているのか気になったのだろう。今日のインタビューはジュードの気持ちを確かめるための面接。リリーだったら、私の家族としてジュードに厳しいこともはっきり言うだろう。もしかしたらこれがきっかけで、私とジュードの関係が何かしら前に進むのではないか。そんなことも密かに期待していた。

　次の日リリーと電話で話した。
「彼、とても素敵ね。さくらのこともちゃんと考えてるって。でも4人目の子供が初めての男の子で、生まれてくることも楽しみにしてるみたいだよ。奥さんとのことをなんとかするように言ったけど、できなかったらあなたにマンションでも買ってあげてよって言っておいた」
　リリーはどういう意味でそんなことを言ったのかは分からないが、多分、家庭のあるジュードがシングルの私と付き合うなら、私と共有するものを与えてあげてという意味でマンションを買ってあげてと言ったのだと思った。
「やっぱりちゃんと奥さんと別れてからさくらと付き合う、じゃないとうちのお父さんとお母さんは親指立てて良かったねって言わないと思うよ」
「ありがとう。そう言ってくれて」

　ジュードは28日に帰国することになっていた。その前に私たちはできるだけたくさん時間を過ごした。
　毎日が楽しかった。これだけ幸せだったら28日から多少居なくても大丈夫。また帰ってきたら二人の世界が待ってる。そう思いながら毎日を過ごした。

8/25

　別々のベッドで目覚めても、私の朝は彼の甘いメッセージから始まる。
「よく寝れた？」
「うん、あなたは？」
「うん、でもストレスが溜まってる」とジュードは元気がない。
「なんで？　どうしたの？」
「物事、仕事、家、君と離れていること」
「そうだよね、たくさんありすぎて大変だよね」
「いつもそばにいてくれてありがとう」
「いつもあなたと一緒に居るよ」
「それに妻が彼女の友達を僕の日本の家にしばらく住ませると決めたんだ。プライバシーがなくなるのが心配だ」
「ワオ、本当に？」
「どうもその人の旦那が暴力を振るっているらしい。事情は理解できるんだけど」
「え？　あなたその人と会ったこともないのに一つ屋根の下で暮らすの?!」
「金曜日の朝、鍵を渡すことになっているんだ。その時に初めて会う。どちらにしろ僕は日本を離れてNYに帰るから、その間この家に居ると思う。もしかしたらもっと長くなるかも……」

　ジュードの帰国日になった。
「NYから毎日ラインするし、いつも君のことを考えているから」
「私のこと、奥さんに話すつもり？」
「したいと思っている。僕は彼女が最後に浮気した2014年に離婚を決めて、それと同時にグリーンカードを取得したんだ。いつでも子供たちに会えるようにね」
「そうなんだ。良かった。ちゃんと私のこと考えてくれてるんだね。ありがとう」

ジュードの時間が許す限りギリギリまで一緒に居た。そして彼をターミナルで降ろし、私は東京へ戻る。イミグレーションなどすませたジュードからメールが入る。

「時間を作ってくれてありがとう。NYでは君のことずっと考えているから。僕たちはまだ一緒だよ。愛してるよ」

「こちらこそギリギリまで一緒に居てくれて嬉しかった。愛してる」

そして彼はNYへと飛び立った。

第 2 章

試練

VII. 遠距離

8/29

日本時間の朝5時にNYに到着した彼からメールが届いた。
「起こしちゃったらごめんね。ただ着いてすぐにメールしたかったから」
私は離れていても常に一緒に居る安心感と愛されているという満足感でいっぱいだった。
メールからは、彼の心が弾んでいる様子が感じられた。待っている子供たちとやっと会える。彼が幸せそうで私も笑顔になった。

その後彼は犬の散歩をしながらラインをしてきた。時差ぼけが辛そうなのと、帰ったNYの家がまだ開けてない段ボールばかりで散らかっていて大変だと言う。
犬の散歩を終えて家に戻る前に、彼は二人のラインを削除する。彼のそばには奥さんがいることを忘れてはならない。
その日はまた夜9時くらいにメールが来た。
「君がここに居てくれたらいいのに。ここにはたくさんのレストラン、カフェ、バーがある。君と一緒に行きたい場所がいっぱいある」
「私もNYC大好き。今あなたとセントラルパークに居られたらいいのに。でも私は東京が一番好きかな」
「うん、分かってる。心配しないで、僕の本当の家は東京だよ」

8月30日、彼が帰国してまだ2日だが、ほとんど1日中と言って良いほどラインがあった。朝家族がまだ寝ている時や奥さんが横で寝ていても自分は背中合わせだし逆方向を向いているから大丈夫と、家からでもラインをしてきた。私を安心させるためだったのだろうか。いつでも恋しいと伝えたい。何度でも愛していると言いたい。ジュードの一生懸命さと共に、本当に私が恋しいんだなという気持ちが伝わってきた。

9/2

日本の夜中12時頃、メールが入る。どうやら病院に向かっている途中らしい。

「妊娠の影響で妻の呼吸が苦しくなっている。今子供たちと病院に向かっているところなんだ。ごめん、君は聞きたくない話だろうに、誰に言っていいか分からなくて」

「大丈夫、私には何でも話して」

1時間半くらいあとにまたメールが来て、奥さんの体調は問題がなかったようだ。むしろジュードの方が混乱していた。私は日本からNYにいるジュードを支えるしかない。そうすれば彼はいつでも心を開いて何でも話してくれるだろう。そして私のところに必ず帰ってくるに違いない。私はジュードのオアシスなのだから。

「NYCは素晴らしい街だけど、君が居ないと僕の心は空っぽだよ。カップルがその辺中に居るのが目に付く。僕もあんな風に君と寄り添って歩きたい」

「そうね。私あなたのそばに居たい」

「本当に、ものすごく君が恋しい」

VIII. 暗雲

9/3

　この日、大変なことが起きてしまった。

「ごめん、妻が僕の携帯を昨夜チェックして、君の名前を見つけた」
　ショックを受けたが、こんな時こそ冷静にならなくては。
「それでどうなった？」
「色々問い詰められた。本当にごめん、もしかしたら君に連絡するかも。もしくはFacebookで君のことを調べるかもしれない。僕は妻に二人のことを正直に話したかったんだ」
「なんて言ったの？」
「話したかったんだけど、こういう形では話したくなかったからジムで知り合った子だと言った」
「そもそもどうして携帯をチェックされたの?!」
「妻が僕に言ったんだ。色々あったけど、これからは正直に生きていきたいからあなたも正直であって欲しいって」
「で？　あなたはなんて言ったの？」
「『無理だよ。君を完全に信用できないよ』って。そうしたら彼女、激怒して僕の携帯を見せろって奪って。でも何も出て来ないし、ただ君の名前を電話帳から見つけてこれ誰だってなったんだ」
　奥さんは電話帳の名前を一人ひとりチェックしたのだろうか。
「じゃあラインは？　見られたの？　でもラインのメッセージ毎回消してるよね？」
「違う、アドレス帳から見つけた。ラインのアプリ自体まだバレていない」
「私のことはなんて説明したの？」
「まだ何も話していない。ねえ覚えてる？　前にカリフォルニアに行く前に疑われた時、ジムで知り合った子とチャットしてるって言った話。その時と同じ人だって言ったんだ」
「うん、覚えてるよ。その話」
「で、妻にはその子ともうジムでも会っていないと答えたんだ。で、彼女が携帯のショートメッセージをチェックしたけど何も出てこなかった。でも僕のことを信用しているかどうかは分からない」
「うん……」
　多分ジュードの怪しい行動や家でも心ここにあらずという様子を、勘の鋭い奥さんがおかしいと思って、ジュードの携帯を取りあげてチェックしたのだろう。幸いまだ何も見つかっていないが、こういう疑われ方は私も好きではない。ジュードが離婚をしたいと思っていても二人の関係を先に知られてしまうのは順番が違うし、修羅場になるのも嫌だ。
「彼女にどうしたいか聞いたんだ。そうしたら分からないって。彼女が君に連絡を取らないか心配だよ」
「連絡が来ても返事しないよ」
「嫌がらせをするかもしれない。メッセージも送るかもしれない」
「Facebookを通して？」
「多分。検索して探すのは簡単でしょ。プライベートセッティングにしてある？」
「うん。でも念のため、プロフィール写真も顔じゃなくて風景に今変えたよ」
「ごめんなさい」
「何が？」
「夫婦のトラブルに君を巻き込んでしまいたくない」
「うん、大丈夫だよ。大変だね」
　彼はただひたすら私に謝っていた。
　結局ジュードは、私のことを3月にジムで出会った子で、その後一緒に朝食してメールのやりとりをしただけだと説明したらしい。
「で、最後にメールをしたのが5月でそれ以来連絡を取っていない。ジムでばったり会うことはあっても何もない、と話した。だから妻は君に何もしないと思う」
　これは彼が私を守るためにしてくれたことなんだ。奥さんをなだめて私たちが何もなかったしもう会っていないと言えば私が攻撃されることはないと思ってしてくれたんだ。だからありがとうと言った。
「離婚したいとは、伝えたの？」
「離婚の言葉は出したけど、本気だと思ったかどうかは分からない。二人共感情的になっていたから。妊娠中の彼女は精神的に不安定だし。彼女が興奮して子供の親権は絶対に渡さないと脅されたから僕は何も言えなかったんだ。だからその場はとりあえず彼女を落ち着かせることしかできなかったんだ」
「そうなんだ。話してくれてありがとう。でも奥さんはこれまで何度も浮気したんだよね？」
「うん」
「じゃあなんでそんなに怒ってるの？　だってあなたはただメールのやりとりをしていただけだと言ったんでしょ？」
「そうだよね、分かってる」
「奥さんが数年にわたって何度も浮気をしていた証拠、あなた持ってないの？」
「持ってるよ。妻も認めている。だけどそういう過去をひっくるめてこれからはもう浮気をしないし正直に生きていきたいから僕にも同じようにして欲しいと昨夜言われた」
　彼が全部話してくれたのは嬉しかった。でもこれからどうなるんだろう……。
「こんなことになって本当にすまない。彼女は君の名前を知ったから、友達に頼んで僕と君の関係を調べるかもしれない」
　ジュードはその後、どんな状況かラインで常に報告してきた。特に二人の間であれから話し合いなどはしていないと言う。ただ彼は私の名前を自分の携帯に登録しておいたことに関して迂闊だったと自分に腹を立てていた。私のところに彼の奥さんからの連絡はまだない。彼がアメリカに帰国してたった1週間のことだった。

9/4の夜

　彼はまだ家族の皆が寝ている間私にラインをしてきた。それはフロリダに着いてからのラインだった。
　奥さんは私のことについてはそれ以上追及しなかったらしい。話はジュードと奥さんの過去の辛い歴史に変わった。彼はもう吹っ切って心の整理ができているつもりだったが、やはり思い出すと辛いらしい。
「子供が産まれる前、そして子供が産まれたあとも浮気された」
　私の愛するジュードをこんな気持ちにさせるなんて酷い、酷すぎる。こんなに素敵なジュードを傷付けて、その上まだジュードをコントロールしようとしている。なんて自分勝手な女だろう。でも彼女の行動と、妊娠していることを考えて私は言った。
「彼女はどんなことをしてもあなたを手放さないと思う」
「何だか19年を無駄にした気分だよ。僕は妻を信じたことを本当に後悔してる」
　と同時に、でも子供がいるから妻と別れるのは簡単じゃないとも言っていた。
　奥さんの行動は嘘ばかりだ。私はそんなことはしない。
　すると今度は彼が今奥さんに嘘をつき裏切っていると言い出した。私との関係を隠していることに自己嫌悪を感じているらしい。

そして彼は言う。
「何よりもこんな時にさくらと一緒に居られないのがすごく辛い」

次の日またラインが来る。9月5日。奥さんが破水して今病院にいったと言う。
奥さんは予定日までまだ12週間あるらしい。ジュードは奥さんとお腹にいる子供の心配をしていた。もしこのまま入院となればフロリダに残らなければならない。彼は私に謝ったが私は「とにかく何があってもあなたの味方だし、何でも話してくれていいから。愛しているから」と伝えた。
「過去を後悔しても仕方ないけれど、君ともっと早く出逢いたかった」
「恋愛はいくつになっても遅すぎることはないけれど、あなたの言う通り、もっと早く出逢いたかった」
「君のおかげで笑顔になったよ。ありがとう」

結局奥さんの破水は何でもなかったらしい。超音波も問題なく、確実に“男の子”だそうだ。医者も破水の原因は分からないと言っていたらしい。ジュードを心配させるための奥さんの演技だったのではないか？　などと考えたりした。
彼は私を誰よりも愛している。しかし今はずっと家族と過ごしているわけだし、奥さんに浮気を疑われたらなだめなければいけない。不満や心配は口に出さず彼を支えている愛人を装っていてもやっぱり心の中は複雑な気分だった。
私は破水の原因はセックスなんじゃないかとメールした。奥さんはジュードを取り戻すためなら何でもするし、奥さんだからセックスする権利もあるし、といういつも私が思っていることを伝えた。
「してないし、できないよ。君は心配することはないよ」

「ごめん、こんなこと言って。でもあなた優しいし、まだ同じベッドで寝てるんでしょ？」
「僕たちは全くそんなんじゃないから。僕を信じて。ホテルのベッドでは妻と離れて寝ているんだ。僕が優しいからって誰とでもセックスするわけじゃないよ」
「それは分かるけど、あなたは人を許す力を持っているでしょ」
「妻を許したかったよ。でもそんなに簡単じゃない」
「あなた子供がたくさんいるし…」
「子供ができる前に浮気されたし、子供ができたあとも浮気されたから」
　彼の奥さんは浮気をするたびに子供を作って夫婦関係を修復しようとしていたんだろうか。
「愛があるから許す力があるんじゃないの？」
　彼の気持ちが理解できなかった。彼はもう何度も裏切られているから慣れてしまったのかもしれないと言うと共に、なんで何度も浮気をさせているのか誰にどう説明すればいいのかも分からないと言っていた。
「心のどこかでは“離婚したい”と叩きつけてやりたい。もうこんなのうんざりだ」
「一緒に乗り越えよう。私が付いているから」
「ボロボロに潰された気分だよ。胸が苦しくて息がしづらい。ただただここから今逃げ出したい」
「分かるよ。その気持ち」
「でも子供たちが起きたら何もなかったようにニコニコして強くいなきゃいけない」
「あなたはよくやってるよ。ごめんね変な心配して。私がバカだったわ」
「そんなことない。大丈夫だよ。しょうがない、僕たち今離れてるし心配するのは当然だよね。しかも僕も結婚生活についてあまり話していないから君ももっと聞きたいことあると思うし」

IX. 発覚

9/7

今日は長女をジェットスキーに連れていったんだと、彼から楽しそうなラインが来た。良いパパをしているようだ。そしてスパでマッサージを受けるなどリゾートを楽しんでいる様子。音楽を聞きながらカクテルを飲み、私を思い出し笑顔になったとラインが入っていた。私は落ち込んでる彼を励ますチアリーダーか。それでもいい。私が寝ている間彼がたくさんハッピーなラインを残していてくれると安心する。良かった。彼には傷付いて欲しくない。

しかし私が起きて少しするとメールが来た。

せっかく気分よく過ごしていたのに奥さんと喧嘩をしたと言う。原因は些細なことらしいのだが、彼が良かれと思ってしたことが奥さんにとっては気に入らなかったらしい。彼はひどく怒っていた。

「ね、分かるでしょ、これが僕だよ。助けたいからするの。してあげたいからするの。これが僕の家族に対する愛情表現。それが悪いことなの？　それに感謝するどころか文句を言うなんて。時々思うんだ、“うるせえ！　黙れ！”って言えたらどんなに楽かって」

「あなたは間違ってない。私はあなたの優しいところが大好きよ」

「ありがとう。君だけが僕のことを分かってくれている。だから僕は君を一生愛すから」

私もどれだけジュードを愛しているか伝えた。

「あなたに幸せになって欲しい。今まで自分を犠牲にして家族のために頑張ってきたんでしょ、違う？」
　と問いかけた。すると彼は「その通りだよ」と言って
「正直言って今までのことは後悔していない、ただ妻を信じたことは後悔している」
　と言い切った。そして今の自分の行動に関してみじんの後悔もなく、
「これだけは覚えておいて、『君をとても愛しているから』」
　と言った。

　しかしその5分後、大事件が起きた。

「君とラインしてるところ見られた」
　今回は中身も奥さんに見られてしまったらしい。
「今夜彼女に全てを伝えるから。いつかは話さなきゃいけないことだから」
「私も愛してるから。本当、私も今そこにあなたといられたらいいのに」
「僕たちが付き合い始めたのは間違いだったかもしれない」
「どういう意味？　出会わなかった方が良かったってこと？」
「違う、僕の結婚を完全に終わらせる前に付き合い始めるべきじゃなかったってこと。ファック！」
「子供たちを寝かせたら妻と話すから。今夜。それでどうなったか報告するから。愛してるよ」
　ジュードは覚悟を決めたようだった。

　私のことをちゃんと話してくれる。もうジムで会っただけの人だとごまかさず、私たちとのことをちゃんと話して、私と一緒に居たいという意思も伝えてくれる。もう怪しまれたのも含め3回

目だから、今回はちゃんと話してくれる。
良かった。これで私たちはコソコソしないでも一緒に居られるようになるかもしれない。時間はかかるかもしれないけどそれに近付く一歩だ！　ジュード頑張って！　とお祈りするばかりだった。

まだ9月7日だった。あれから4時間半くらいしか経ってないがメールが来た。私たちのこと全て話したと言う。NYに帰るところだが、奥さんとは喧嘩になって今は口をきいてないと言う。
「でも全て打ち明けたことに関しては隠しているよりはマシな気分だ。ただこの先がどうなるか分からない。怖い」
「怖がらないで」
「そう言うのは簡単だよ」と言われた。確かに私はその場に居ないしその状況に直面してない。修羅場にいるジュードはどんなに大変だろう。

そして1時間後空港からチェックインしたとのメール。
ジュードは最悪の気分だと言う。奥さんは妊娠していることをすぐに持ち出すらしい。「きっと私と別れろって言ってくると思うよ。あなたのこと説得しようとするよ」と私は言った。
奥さんが、ジュードの浮気を発見して簡単に納得して別れるはずがない。いきなりすぐ二人が離婚になるなんて到底思えないし、子供が3人いるわけだから、離婚となると色々と問題が増えるだろう。でも彼が私のことを話してくれたということは、何かしらのアクションがあるはずだ。

それから3時間半後、NYに到着したとの連絡があった。
そしてさらに1時間後——
「一言だけ会話した。言われたのは、僕がNYに居る間は家族のことだけを考えること。そしてNYにいる間はメールも電話も一切しないこと。とても辛いけれど、東京に帰るまでの間だけだから、耐えようと思う」
「分かった」
なんだかちょっとほっとした。意外と結構物分かりの良い奥さんなのかもしれない。
愛はないけど、NYにいる時はメールばっかりしていないで家族第一で過ごすべきというのは、その通りかもしれない。とにかく彼も、最高の条件だと思うから頑張ろうと言った。良かった。

がしかしそれも束の間、明けて9月8日。
なんとびっくりすることが起こる。

X. 彼女との対峙

1時間半後にジュードから電話がきた。
「状況が変わった。僕の携帯のラインで妻から君へのメッセージが届くと思う。妊娠しているか聞かれたらしていないって答えてくれ。君、妊娠してないよね?!」
「してないよ。今生理中だから」
「良かった。そうしたら今生理中だからって答えて。お願い。あと、何か色々と嫌なことを言ってくると思うけど何も返信しないで、お願い。特に僕が話した僕と奥さんの個人的なことは絶対に言わないで。ごめん」
「どういうこと？　奥さん、私たちのこと、理解してくれたんじゃないの?!」
「豹変したんだよ。ごめん。僕の言った通りにしてくれ。今子供たちを失うわけにはいかないんだ」
「言う通りにするし、言い返したりしないからちゃんと守ってね?! 何なのいったい」
私も今までは冷静だったけどこの時は混乱していた。そしてすぐにいとこのリリーに状況を報告した。ジュードからの数分の電話のあと、とんでもないことが起こる。

「直ちに妊娠の検査をして結果を報告してください」

奥さんからだった。

私はジュードに言われた通りに答えた。
「今生理中だから妊娠検査を受ける必要はありません」
と返信した。続けてジュードになりすました奥さんが、
「分かった。今僕は家族とNYにいるから君には連絡するつもりはないし、連絡を受けたくもない」

その日の日本時間夜9時すぎ、なんと、奥さんからライン電話の着信があった。

「私の旦那の子供を妊娠しようとしたのか?!　彼の金目当てか?!」
「彼が3人子供いて私が妊娠してるの分かってやってんのか?!」
「お前どこかおかしいのか?!」

さすがに私も我慢できずリリーに話した。リリーはとても怒って、彼の金が目当てなんかじゃない、私、自分のお金あるからって返信しなさいと言う。私はジュードに生活の面倒見てもらってるわけではないし、お金目当てなんて思ったこともない。しかも

妊娠目当てでも何でもないのに、この奥さんは全て自分のことを言っているんだと思った。言い返したいことはたくさんあったがジュードと約束したので何も言わなかった。

するとその後犬の散歩と言って家を出てきたジュードが私に電話をしてきた。
「ごめん。彼女怒り狂って、子供たちをスクールに送り届けた瞬間NYのアッパーウエストの10ブロック分歩きながら僕を殴りっぱなしで……」
なんて品がない奥さんだろう。ジュードはただ殴られていたのだろうか。

「これから僕のフリをして彼女は君にメールすると思う。別れの話になるから、すんなりすぐに分かったって言わず、少し嫌だってやりとりして最後に別れてくれないかな？　今はこうするしかないんだ」
浮気がバレてしまって修羅場になって、妊婦の奥さんが怒り狂って、子供たちも巻き込んでしまい、なんとかその場を落ち着かせないといけない。だから、とりあえず別れるフリという選択を彼はした。心臓の鼓動が速くなる。
「分かったけどまた電話してよね、私も今頭の中が大混乱しているから」
と言って電話を切った。

私は一人で抱えきれず、リリーに連絡した。
「ジュードは、まるで奥さんのマペット、言いなりだね。これじゃあ離婚なんてできないよ。しかもNY州の法律は、奥さんがいくら悪くても、彼の方が弱い立場になるんだよ。親権も持っていかれちゃうよ。ジュード弁護士だから、よく分かっているはず。さくらはもう別れた方がいい。ジュードは弱い男ね。しかもその奥さん、どこでも構わずジュードを殴り続けるとかほんと品がないよ」
とリリーは言った。
「リリーの言う通りだよ。別れないとね」
と私は言った。

私はとりあえずジュードに言われた通り、別れるふりをして奥さんが送ってくるラインに対応することにした。今のトラブルが落ち着けば、また彼に会えるという期待もあったのだ。
リリーには別れるよと言うしかなかったが、私はまだ、日本に帰ってくる彼に会いたかったし、愛してると言ってくれたジュードを信じたいと思った。

9/12

お昼近くにメールが入る。
ジュードになりすました奥さん。これがジュードの言っていたことか。今、始まった。その内容とは、

この夏の出来事は僕にとっての過ちで、後悔している。僕は奥さんと家族のためにもう一度責任を持ってやり直すから。君を好きという感情はないし、君とこの先連絡を取るつもりもないから。もしまたジムで会っても近寄ってきたり、話しかけたりして欲しくない。お願い。僕の決断を尊重してください。

ジュード

これは明らかに奥さんの文章だ。もしかしたらジュードも隣に

居て、スマホを操作させられているのかもしれない。うまくやらなくてはと思いながら会話をスタートした。
「あなたはだれ？」
「僕だよ、ジュード、どうやって証明したら良い？」
「分からないけど奥さんからのメッセージはもう一切見たくないわ」
「僕だよ、ジュード」
　慎重に返信する。
「分かったよ、ジュードね」
「じゃあさっきの読んでくれて、もう終わったって理解してくれるよね？」
「やだ、急すぎて受け入れられないよ」
「どうして？　僕が結婚してたって君知ってたでしょ？」
「うん、分かってた」
「僕に好きって言った気持ちは他の人にでも起こり得る気持ちでしょ？」
「それは本当じゃないよ、ねえ、話そう、お願い」
　こんなお芝居は気が滅入る。
「今ここで話してるじゃん。ねえ君、子供欲しいって言ってたけど、それって僕との子供ってこと？　全てことが早く進みすぎたよね。僕の頭の中は混乱しているんだ」
「聞いてる？」
　私は子供欲しいなんて一度も言ったことがないのに。
「聞いてるけど」
「じゃあなんか言ってよ」
「確かにことは早く進み過ぎたかもしれないけど」
「そうだよ。で、僕のどこを一番愛していたの？」
　奥さんは私のことを色々知りたいのだろうか。私がどんな女なのか興味があるのは分かるけれど。私がジュードと話してると本当に思っているのだろうか。
「君、僕とメールする時間ないの？」
「って言うかもう私たち終わりなら説明する必要なくない？　なんか攻撃されてる気分」
「攻撃？　そんなつもりは全くないけど…ごめん。こっちも大変なんだよ」
「全てが早く進み過ぎたからってそこに愛がないとは言えないでしょ」
「お願い、どうしたらいいか教えて、僕、どうしたらいい？」
「どうしたらいいってあなたが終わらせたいって言ってるんでしょ？」
　私がお金でも要求すると思ったんだろうか。
「分かった分かった。どうやら僕が混乱しているみたい」
「混乱？　何に？」
「僕たち、僕の結婚生活、君僕に怒ってる」
「別に怒ってない。ただがっかりしてるだけ」
「一つお願いしていいかな？」
「何？」
「僕たちの写真、送ってくれないかな？　何か欲しい。君の顔、僕たちの、一緒に過ごした写真が見たい」
「もうないよ。あなたの奥さんがメールしてきた時に全部削除しちゃった」
「分かった。彼女が僕の携帯を奪ったから」
「じゃあもういいかな？　さようならで」

　そして私はラインをブロックした。なのでその後彼女が何を送ってきたかは知らない。ただもうこれ以上何も話したくないし十分会話をしたのでもう終わりにした。

結局ジュードが言っていた、私と一緒に幸せになりたいという願いは叶わなかった。奥さんが介入して彼の携帯を操作し、彼になりすまして別れるというパターン。彼は奥さんに私のことを本気で愛していると言ってくれたのだろうか？

奥さんはまた子供と会わせないようにしてやるとかグリーンカード剝奪させてやるとか彼を脅したのか……。

XI. 二人を守るため

彼は自由に外出もできないようだったが、犬の散歩を理由に家から出た時に電話してきた。

「ごめん、大変なことになって。妻はFacebookに僕をひどく非難した記事を投稿したんだよ。君にもメッセージを送るかもしれない」

「そうなのね」

「もうメールはできないけど、犬の散歩で出る時に毎日電話するから」

それから連続して3日間電話があった。でも彼は元気がないし話していても楽しくない。気が付くと二人共黙ってしまって沈黙も多い。

「あと2週間くらいだっけ？　そっちに居るのは。電話するのも大変だろうからもう無理に連絡しなくていいよ。日本に帰ってきたらまた連絡して。待ってるから。愛してる」

と伝えた。

それから2週間後彼が帰国する。帰国してすぐにメッセージがあった。Facebookのメッセンジャーからだった。元気がなく、疲れている様子だった。
「待っててくれてありがとう。君に会いたかった。色々とごめん。今は子供を失うわけにはいかないんだ」
今は子供を失うわけにはいかない……その言葉が頭に響いた。
「分かってるよ。子供はあなたにとって最優先だからね」
「分かってくれてありがとう。愛してる。連絡もどうやって取るか考えないと。このメッセンジャーもどうにかして見られたらまずいし」
「でもあなた今日本でしょ?! どうやってあなたのメールを見るの?!」
本当はどうしたいの？ と聞きたかったけど、言えなかった。こんなに弱っている彼に私まで奥さんみたいにガミガミ言いたくなかった。
「ラインの最後の妻との会話、スクショして見せてくれる？ 僕、妻が君にメールをした時は、睡眠薬を飲んで寝てしまっていた時だったから。妻が君に何を送ったのかも分からなくて」
「うん、ちょっと待って」
と言って、奥さんとの会話をスクショして見せた。
「ごめん、見せてくれてありがとう。君に本当に嫌な思いをさせたね」
「しかも私のFacebookメッセンジャーに“Fuck off”って入ってたよ」
「本当にごめん……」
「ところでNYに帰る前に奥さんの友達とその子供が東京の僕の家に居候しているって話したよね？」
「うん覚えてるよ。どうして？」
「まだ住んでいるんだ。旦那との問題が解決しないらしい」
「そうなんだ」

「多分妻に僕を監視するように頼まれてるだろうし、だからしばらくは泊まりには行けないけど……」
「分かったよ。連絡手段だけど、携帯をもう一台契約するのはどう？」
「そうだね、何か考えないとね」
そもそも今持っているジュードの携帯は会社が料金を全部払っていて、請求書なども会社と秘書が全て対応しているので彼は携帯の契約方法や、プランなど何も知らないと言う。
私は二人の関係を守るためにある手段を思い付いた。

9/30

「はい、これ、私たちの専用携帯。これで奥さんのことを気にしながらメールしなくてすむでしょ」
私はスマートフォンを買って私の名前で契約した。
「これが私たちにとってベストな方法だと思ったから」
「僕は君に甘やかされてるな。ありがとう」

私が携帯をあげてから彼はちょっと前の、NYに帰国する前のジュードに戻った。

＊＊＊

居候がいるからお泊まりはできない。でも私はジュードが欲しくてたまらない。しばらくは私の家で会うことにした。
子供が寝静まってから、彼と私の部屋で数時間愛し合い、彼は家に帰る。もっと一緒に居たいけど、今は我慢。彼は夜中の12時までにはいつも家に帰っていった。「シンデレラみたいね」と私たちは笑い合った。

XII. “今子供を失うわけにはいかないんだ”

10/2

彼も自分の過去を私に話してくれた。

「僕の父親は僕が8歳の時に母と離婚したんだ。僕はその時すごく寂しい思いをした。うちの父親は酒飲みで、僕と弟を車の中に残してパブで深夜まで飲み明かしていたんだ。僕は子供たちに同じ寂しい思いをさせたくない」

「それは辛かったね。あなたはそんな父親にはなってないしならないから大丈夫だよ」

「でも今回のことで子供たちに悲しい思いをさせてしまった。長女は妻を憎んでいる。あの二人は上手くいってないから心配だよ。ごめんね、こんな話を聞かせて。この話をしたのは君で二人目だよ」

私が反応したのは、長女が奥さんを憎んでいることと、“心開いて話したのは私で二人目”という部分。

一人目は奥さんだとすぐに分かった。

なぜなら彼は奥さんと、彼が19歳の時に知り合って今までずっと一緒に居る。ジュードはあまり何人もの人と交際したことがないと言っていたがその通り、青春時代もこの奥さんとずっと一緒に居たのだ。19歳で3つ年上の奥さんと知り合い、結婚することになる。随分早い結婚だなと思ったけど、彼は幼少期に寂しい思いをしたからもしかしたらその反動で家族を早く持って幸せに暮らしたかったのかもしれない。

私とのことで喧嘩になって今回は子供たちに辛い思いをさせたかもしれないけど、そもそもの夫婦仲破綻の始まりは奥さんからなのだ。長女が奥さんを嫌っている最大の理由もそこにあるらしい。

今回の件で、子供たちの前で、ジュードと奥さんの過去の話も赤裸々になってしまった。私たちは約束をした。

東京に居る時はお互い愛情を注ぎ合って二人の愛に集中していればいいと。

まだ知り合って半年も経ってないけどこの人とはずっと一緒にいられそうな気がする。一緒に居たいという気持ちがお互いにあったと思う。

「僕は君とずっとここに居るから」ジュードはいつもそう言って私を抱きしめた。

10/5

夜中3時にメッセージが入っていた。ジュードはどうやら眠れないらしい。夏のたくさんの思い出が恋しいという。二人で安心し切って深く眠っていた日々が恋しいと。

そして次の日、昼間は普通にラブメール、しかし夕方またメールが入り、NYへのビジネスコールまでの8時から9時半までの間、時間があるから少しでも会いたいと言われた。

「難しかったら大丈夫。ただ君の顔が見たくて恋しいんだ」

私は急いでテイクアウトでの食事だが用意し、彼を待った。

スーツ姿で現れたジュードはとても素敵だった。白い肌にグリーンの瞳。すぐに抱き合い、その瞳に見つめられながらのキス。

「君に会いたかったよ」

「私も。数日前に会ったけど、もっと一緒に居たい」

「僕もだよ。ずっとこうしていたい」

私たちはずっとキスをしながら愛し合った。彼と居る時間がとても愛おしい。少しでも会いに来てくれて嬉しい、という気持ちだった。

帰り際にジュードが言った。
「今度京都出張があるんだ。君を連れていきたい」
「本当?! 嬉しい! 一緒にお泊まりできるんだ!」
彼は私のことをちゃんと考えてくれているんだ。ジュードの確かな愛情を感じた。

XIII. つかの間の幸せ

10/16
京都旅行の日になった。
私たちは別々に京都に向かい、ホテルで落ち合うことにした。彼は同じホテルでいくつかミーティングをこなす予定だ。
私が部屋に到着して間もなく彼がミーティングから戻ってきた。
「愛してるよ、ずっと会いたくて、触れたかった」
「私も。ずっとこうしていて。愛してる」
彼はキスをしながら洋服を勢いよく脱ぎ捨て、私の洋服も脱がせた。体中キスしたり、噛んだりする。私の腕やお尻はいつも噛まれすぎてアザだらけだった。

翌日は京都の街を二人で歩くことにした。お昼は美味しい懐石料理を個室で。その時彼の電話がなった。奥さんからだった。
「今クライアントとランチしてるんだ、東京には明日戻る」
「奥さんとはどうなってるの? 電話はなんて言われたの?」

「京都に行くって言ってあったから、もしかしたら君といるんじゃないかと疑って電話してきたんだよ」
女の勘は鋭いな……。

京都はとても楽しかった。もう帰りたくない。このままずっと二人だけで居たかった。たくさん一緒に写真を撮って、お互い撮り合って。その中でも人力車で撮ってもらった写真が1番の記念になった。ディナーは私がサプライズで用意した。今回ジュードが京都の出張に連れて来てくれたお礼。創作イタリアンのお店にいった。
素晴らしい食事のあと、祇園の静かな一角を通り、タクシーでホテルに戻った。ホテルのバーでもう数杯飲んでから部屋に戻った。
部屋に戻っても私はジュードにずっとくっ付いていた。離れたくない。彼も同じ。この2日間、キスをし続けていたので、私の顎は真っ赤。彼の髭のせいで私の顎と鼻は常に赤かった。

10/18
楽しい時間もあっという間に過ぎてしまったが、幸せ充電完了！
明日からまた頑張れる。ホテルで素敵なブランチを食べてから京都を出て、新幹線に乗る。グリーン車はガラガラで、周りに人が居なく、そこでもキスをした。
私たちにとって1分1秒だって大切な二人の時間。もしこの先何かで会えなくなってしまっても後悔がないような態度で接する。だからベッドでもそうなのかもしれない。これが最後のセックス、そう考えると悔いのないように精いっぱい愛したくなる。これは相手が既婚だからという理由ではない。ただジュードのことが好きで好きでたまらないからなのだ。

次の週、彼は忙しい上に、風邪もひいてしまいあまり元気がなかった。その上夜中の3時まで電話で奥さんと喧嘩して疲れ切っていた日もある。

彼はあまりに忙しいと医者に行く時間もないので、私が代わりに薬をもらいにいったこともあった。彼に尽くすことは、何よりの幸せだった。

私たちは同い年。二人共よく一緒に90年代の音楽を聴いた。私がNYに居た頃、彼もNYに居た。驚きの偶然。その時に流行った洋楽を一緒に聴いて歌ったり、カラオケで歌ったり……。

もし二人がNYにいる時に出会っていたら、絶対結婚して今頃一緒に暮らしていたのにねとも話した。なぜ今になって出会ったんだろう。どうしてもっと早く出会えなかったのだろう。NYではなくてもジュードは日本にすでに12年住んでいて私もずっと東京にいる。行動範囲も一緒なのに、どうして今出会ったんだろう。起きることには全て理由があると言うけれどもっと早く会えれば二人の人生は違ったのに。そんな風に考えると切なくなるけれど、前向きに考えるしかない。

XIV. 壊れた夫婦

10/28

いつものように、朝のやりとり。彼は少し疲れている様子だった。それとなく聞くと、

「また言い合いの喧嘩。ほとんど寝てないよ。精神的にクタクタだよ」

言い合いといえばNYに居る奥さんしかいない。何の言い合いか聞きたい。喧嘩したと聞くと少し嬉しい気持ちにもなった。そして、

「私が癒やしてあげたい。私ここに居るから何でも話して。聞くからね」

「ありがとう。僕が対処しなきゃいけないことだから」

「何か私にできることある？」

「ない。でも君にはとても感謝してる」

私は「私もだよ」と返したが、本音は違った。私にできることなんてない。ただ私はNYでどんなことになっているのかはジュードが言うことと、奥さんのFacebookの投稿を見て想像するだけ。

私ができることと言えば、彼を完全に私の方に向けること。

でも奥さんはジュードの浮気をとても心配していて、さらにジュードの態度を見て、彼の心が彼女にないと知っているのかもしれない。

自分がそもそも浮気したくせに。でも4人目を妊娠しているのは強みがある。ジュードの気持ちも全部欲しいなんて欲張りだ。

「昨日の喧嘩は酷かった」

「何についての喧嘩？　二人のこと？　まだ疑われているの？」

「まだ疑われてる。君が妊娠してると思っている。で、もちろん妊娠してたらどんな影響を自分の子供たちに与えるかとか。性病検査しろとか」

私は性病と聞いてバカにされたと思った。

「だったら性病検査行って来て何もないって証明しなよ！」

「でも君が妊娠してないということは証明できないよ」

「あなた、彼女が浮気した時に同じこと言った?!　そもそも本当

にあなたの子供なの?!」
「子供は僕のだと信じている。彼女実際全員の子供のDNA検査をしても良いって言ってたし」
私は奥さんだけでなくジュードにも呆れた。
二人は今どういう状況なんだろう。ジュードは奥さんに全く信用されていないし、彼女の言いなりになっているように感じる。
「彼女は11月まで僕に待って欲しいと言ってる」
「どういう意味?」
11月に子供が生まれるまでのジュードの態度を見るということだろうか。
「これからのことどうするか」
「もうすぐNY行くんだからとりあえず彼女を落ち着かせるしかないんじゃない?」
「もうたくさんだってたまに思うんだ。でも子供のためには逃げ出すわけにはいかない」
「どうしてあなたが奥さんにそんなに責められなきゃいけないの?」
「分からない。ただただ混乱してる」
彼が弱気になっているのが分かった。それと彼女は頭が良いし、彼の性格もよく分かっている。それに心理カウンセラーという仕事柄彼を喋らせるのも得意なんだろう。
「彼女がどんなトリックを使って話しているか分からないけど、あなたはうまく彼女に操られているんだよ。だからあなたは混乱するの」
「彼女は普通の人じゃないよ。そして僕を操作するボタンの押し方も知っているんだ」
どちらにしろ、彼は奥さんを裏切っている。こうやって私と一緒に居るのだから。彼は認めざるを得ない状況に追い込まれるのだろう。そもそも口喧嘩で男は女に勝てない。特にこのような強い奥さんの場合は。
「僕たちは常に注意してないといけない。誰か知り合いに見られて彼女に通報されないように」
「彼女はあなたを取り戻すためなら何でもすると思うわ。もしかしたら私のこと調べて誰かに悪口言いまくるかもしれないしね」
東京の外国人コミュニティーは意外と小さいので、共通の知り合いが居てもおかしくない。奥さんが私のことを探って嫌がらせをしないように祈った。
「この過去数年間で僕に何が起こったんだろう。僕は変わってしまった気がする。
自分がどれだけ幸せじゃなかったか気付いたよ。妻の浮気を知って、僕も浮気をしたんだ。妻が先に浮気をしたにもかかわらず、自分が浮気をしても良い気分ではなかった。もう自分で自分を破壊してしまった気分だった。そんな時に君を見つけた。君を見つけた時に君だけが欲しいと思った」

私のことを愛しているから、別れられないが、奥さんが怖い。子供を失いたくない。彼はどうするつもりなんだろう？

10月29日の早朝、彼が私の車に荷物を積みに来た。たった数日間だけNYに帰るため。また奥さんと電話で言い合いになったらしい。あまり寝てないと言う。
私はその日は仕事を休み、彼の会社まで迎えに行き、そのまま成田まで送っていった。たった数日の滞在でも彼はNYに子供たちに会いに帰った。その際は彼にあげた携帯は私が預かった。

XV. 彼女の出産

11月24日は彼の誕生日。付き合い出して初めての誕生日だ。でも奥さんの出産予定日が24日なので彼はその頃日本に居ないだろう。陣痛が始まったらNYに行くと言っていた。

出産に立ち会ったりしたら彼の気持ちはどうなるのかととても不安だった。しかも自宅出産だと言う。奥さんもそういう主義なのだろうが、これは彼女の策略に違いない。なぜなら自宅出産の方が感動的だからだ。今までもずっと自宅出産だったらしい。そうやってジュードに感動を与えてきたのだろう。だからジュードは奥さんをある意味尊敬しているだろうし、奥さんに対して違う愛情があるのも分かる。3人の、そしてもうすぐ4人の母親だから……。

私は暗いジュードをなんとか励ましたくて、笑顔にしたいと思った。そして彼の誕生日の早めのお祝いをしようと約束した。

彼はうちの下に着いた瞬間、長いリムジンが停まっているのを見たらしいが、それがまさか私がオーダーしたものとは思わず、上に上がってくる。

私はタクシーを拾うフリをしてそのままそこに停まっているリムジンの運転手にドアを開けてもらい乗り込む。

ジュードは、とても驚いていた。

やっと“ある場所”に着いた。そこはヘリポート。そう、私はヘリコプターを貸し切りして遊覧飛行をまずプレゼントした。ジュードはとても興奮していた。

「一度やってみたかったんだ。機会ができて嬉しい！　楽しもうね」

そして私たちを乗せたヘリコプターは夜の空へと向かう。

彼はあれがお台場で、あれが東京ドーム、あっちは新宿！　と子供のようにはしゃいでいた。

ジュードは感動していた。もちろんこんなことをされたのは初めてだと言う。私もしたこともされたこともない。でもだからこそ彼の記憶に残る。絶対に忘れない思い出をたくさん作りたかった。

リムジンはレストランで私たちを降ろして終了。シャンパンで少しほろ酔いになったところで麻布十番の私の大好きなお店に到着した。

彼は私に何度もありがとうと言ってくれて、最高の日となったととても喜んでいた。彼の最初のバースデーは大成功に終わった。

彼は忙しい仕事の合間を見つけて頻繁にメールをくれた。

「愛してる」「愛・し・て・る!!」「君以外の人とは居る必要がない」「愛してる」「そして今僕はすごく笑顔でメールしてる」「他の男たちが君を見ている」「他の男たちが君を欲しがるかもしれない」「でも僕は君を見ている」「愛してる」「僕はすごくラッキーで、すごく幸せだ」

これを1行ずつで送ってきた。

「ちょっとあなた！　泣かせないでよ」

涙が本当に出た。

「全部本当だから」「これが僕が感じてる気持ち」

だんだん出産日が近付くに連れ、私の精神状態も安定せず、彼に言った。

「子供を見たらあなたの気持ちが変わりそうで怖いよ」

「僕は君を愛してる。そして彼は僕の息子」

「こんな弱い自分は見せたくないけど、やっぱり辛いよ」

「僕は君の全てを愛してるんだ。強いところも弱いところも」

「あなたの顔を見るだけで、たまに涙が出てくるの。こんな気持ち、今まで誰にも持ったことがないわ」

11/23

彼からのメールが届いたのは、朝6：45のことだった。
「どうしたの？　何かあった？」
胸騒ぎがした。
「今日飛ばなきゃ。今、チケットの予約してる。午前11時のフライト」
「分かった」としか言いようがない。だったら、もう家を出ないと間に合わないのでは？　もっと遅い便でもいいのでは？　とも思った。でも何も言わなかった。だってもうチケット取ったみたいだったから。
「帰りのフライトは12/9水曜日、夜9時5分到着の便だから。この携帯はオフィスに置いていくね」
それでも私は何も返事しなかった。すると、
「分かった。愛してるから。お願いだから覚えておいて」
すごく寂しかったけど、彼の愛してるを信じて帰国を待とう。

彼の息子は11月23日に産まれた。24日じゃなくて良かったと思った。
彼は息子を見てどう思ったんだろう？　奥さんとは何を話したんだろう？　赤ちゃんが可愛くてしょうがないんじゃないか？　頭の中がそればかりでおかしくなりそうだった。

私は奥さんのFacebookを見た。赤ちゃんとジュードが寝ている写真がアップされていた。私はその投稿を見て“いいね”した

人やコメントなども全部見た。そして奥さんの妹の意味深なコメントを発見した。

“ジュード、したの？”

その返答に奥さんが“イエス”とあった。どういう意味なのか……？

考えてもしょうがないし、ジュードを信じてないわけではないけれど彼女のFacebookの投稿を見るのが私の日課になってしまった。

帰国日には予定通り、迎えにいった。出口から出てきた彼は私のところに急ぎ足で来て、私は車から降りて走って彼に近付く。私たちは抱き合い、すぐさまキスをした。

「会いたかったよ。愛してる」

帰りの車の中ではずっと「すごく疲れたよ。早く君を感じたい」と繰り返すジュード。もちろんその日は一緒に過ごし、彼は一晩中私を激しく感じた。

私は彼の体も顔も声も話し方も全てが大好きだった。息子が生まれても私に対する愛情は全く変わらない。次第に出産の時の心配もなくなっていた。ジュードは私を愛している。そう確信していた。

12/20

奥さんが家をどこかの外国人ファミリーに貸すらしく、彼は帰国までホテルに泊まってくれと言われたみたいだ。でも私はそこで真っ先に、

「うちに泊まればいいじゃん！　ずっと一緒に居られるし！」

「本当？　すごい嬉しい」

子供も冬休みに入っていたので母に預け、私はジュードと数日

間、彼がクリスマスホリデーでNYに帰るまで一緒に過ごした。もちろんお互い仕事があるが、毎晩同じ場所に帰る。数日間だけどすごく嬉しかった。

私たちの“クリスマスパーティ”。夜は中華を食べた。私が辛いものを食べたいと言ったので赤坂にある中華レストランにいった。

そこで早めのクリスマスディナー。プレゼント交換しようということになった。

そこでジュードが用意してくれたプレゼントとは、一つの袋にいくつもプレゼントが入っていた。全て彼がラッピングしてくれたみたいだ。可愛い。一つずつ開ける。そこには、商品券、本、パーカー、フワフワの帽子、などがあった。そして最後に“氷”が入ったプラスチックのカップをくれた。それってさっきコンビニで買った氷じゃん、笑。何のため？　笑いながら私は言う。

「見ての通り、氷だよ。これで何が想像できる？」

「え？　分かんない、アイススケート場？」

「惜しいけど違う！　あのね、北海道のアイスフェスティバルがあるんだけど、君を連れていきたい。その想像をさせるための“アイス”」

思わず嬉しさと笑いで顔が満面の笑みになってしまった。

「あー、だからあの時私の予定を聞いたのね！」

「うん、君も色々手配しなきゃいけないと分かってるから」

「僕のために時間を作って北海道に一緒に行ってくれる？」

「もちろん、ありがとう！」

私はイギリスブランドのベルトをあげた。彼はとても喜んでくれた。

12/23
彼はNYへと旅立っていった。

私はいつも空港まで送りに行くんだけど、彼はいつも何度も何度もこちらを振り返る。それがまた切ないんだけど、彼の愛なんだろう。そして日本の携帯は私が預かり、彼がNYに居る時は私たちはいっさい連絡を取らなかった。

クリスマスはどうやって過ごしたのかな。

赤ちゃんが産まれたばかりだからもうべったりなんだろうなと思った。彼がどんな風にNYで過ごしていて、どんな風に奥さんと接しているかを考える方がもっと辛かった。気持ちは私にあっても、やっぱり赤ちゃんを見れば可愛いに違いない。
それでも私は彼が居ない時は子供や友達と過ごしたりしてなるべく彼のことは考えないようにした。

2016/1/11
彼が帰国した。
ジュードが帰国するとまたいつもの生活に戻る。メールは頻繁にし合って、週末はほぼ一緒に過ごす。一緒に映画を観てディナーをして私の家に帰るか、家が使えない時はホテルに泊まった。
一度、ジュードの家を使いたいと言ったことがあるのだが、それは困ると言われ諦めた。

ジュードは日本に居る時は独身の男みたいで、NYとはっきり分けていた。日本に居る時は私だけのジュード。NYに居る時は子供を大事にするジュード。あとは考えたくない。彼の態度で彼を信じるしかない。
　よく彼が言っていた。
「君は何も心配することないよ。僕は君だけのもの。今ここに君と居る」

XVI. ずっと君といる

2/2

　札幌に到着。
　雪祭りを楽しんだ。素晴らしかった。たくさん写真を撮って、雪の彫刻を楽しんだ。
　ジュードと手を繋ぎながら色々なものを見るのはすごく楽しい。自慢の彼氏と手を繋いで歩くのが私の一番の幸せ。

　そして私の札幌のお友達が勧めてくれたバーに行き、その後食事をした。とても美味しかったけど、ちょっと日本酒飲みすぎた。
　そしてジュードが衝撃的なことを告白する。
「僕の妻は何度も浮気をしただけじゃなく男を買ったりもしてたんだよ」
　びっくりしたと同時に泣けてきた。
　奥さんは夏の間、自分のキャリアのためにNYで学校に通っていて、ジュードは3人の娘たちと日本にいた。もちろん彼は仕事があるので、昼間はシッターさんが子供たちを見ていた。日本で頑張ってる彼の裏で、彼女は自分の欲望を満たすために男を買っていた。
　許せない。

お酒もたくさん入っていたせいか涙が止まらなかった。カウンターに座っていたから、板前さんも号泣していた私に困っていたと思う。

落ち込んでいるジュードを横に、私は傷付いた彼を幸せにしたいと思った。

ディナーの帰りはコンビニで二人の大好きなプリンを買い、部屋に戻った。

たくさん泣いたあとは、二人の大好きな90年代アメリカのポップスをカラオケ並みに歌いながら私は知らない間に寝てしまった。

次の日のランチのジンギスカンを食べながら彼が言う。

「昨日あんな話しなければ良かった」

「こういうこと話すの辛いよね。でもさあ、奥さん何回くらい男買ってたの？　男を買うのは浮気じゃないと思ったの？」

「数回買ってたと思う。ごめん、話さなきゃ良かった……」

もう私は何も言わなかったが、心の中では“こういう最低なことする女だから私は堂々と、彼と付き合っていていいんだ”と思った。

あっという間の北海道旅行だった。

＊＊＊

3/5

週末一緒に出かけた。富士山が見える温泉を私が予約した。東京から出て、露天風呂に入ってゆっくりしたい。

旅館は最高だった！　富士山が目の前で圧倒された。素晴らしい露天風呂。子供みたいにはしゃぐ私たち。

ビールを飲みながら温泉に入る。温泉でもずっと抱っこされたまま。そこでも何度も愛し合った。
「上の3人の子供たちが親の離婚を理解できる年齢になったら、妻と別れて君とずっと“一生”一緒に居る」
涙が出た。嬉しかった。
いつもいつも、何があっても彼の味方でいて、スケジュールも全て彼に合わせて、応援して、辛い時にもそばにいた甲斐があった。
「ありがとう。すごく嬉しい。あなたのこと信じてるから」
「愛してるよ。君は何も心配することないから」

次の日は富士山の途中まで車で行けるところがあってそこを観光して帰ってきた。
帰りの車で彼が奥さんとメールしてたのを一瞬だけど見てしまった。
そのメールには赤ちゃんの寝顔の画像が送られて来ていて、ジュードは“すごく可愛い”と返信していた。
私は見ないフリをした……。

＊＊＊

ある日の夜彼と食事中にいとこのリリーから久しぶりにメールが届いた。
「どう？　元気にしてる？　あれからジュードとはどうなったの？心配してるよ」
その時以前のリリーのメールを彼に全部読まれてしまった。
奥さんに私たちのことを知られた時のメールで、リリーが彼のことを激しく非難している内容だ。
“ジュードは奥さんのマペットだ”“あんな弱い男、別れて正解”“彼が奥さんとちゃんと別れてさくらのところに来ない限り、うちの親は許さないよ”“ジュードは本当に自分勝手な男だよ”

等々書いてある。しまった、読まれてはいけないメールだったのに。

翌日彼からメールが届いた。
「リリーの言ってたこと、ごめんね。君が僕のことオープンに家族に話せないのは嫌だよ」
「こちらこそごめんね。でもそんな風に思わないでよ。あなただってあなたの家族に私の話できないでしょ。私はあなたといて幸せなの」
「僕もだよ」
「君の言う通りなの分かってるよ。でもリリーの言ってることが頭から離れないんだよ。すごく考えさせられる。まるで僕が君のこと適当に扱ってるみたいじゃない？　そんなの嫌だよ。だって僕は君のこと愛してるし尊敬しているから。そして君も我慢してるんじゃないかって。だって君は君が思っている以上に幸せになるべきだから。だから我慢してるならもっと心を開いて欲しいし、本当に幸せになってもらいたいんだ」
「まあ、頭から離れないのは分かるけど、リリーが言ってることは本当じゃないんだから、あまり気にしないでよ」
「僕は自分勝手かな？」
「自分勝手じゃないよ。私を信じて。あなたは私をすごく幸せにしてくれているから。そして私たちもいずれもっと堂々と付き合えるようになるでしょ？　しかもあれは9月の出来事の時にリリーが送ってきたメールで、確かにあなたのことについて厳しく言っているけれど私はあなたを選んでるんだから。あなたは自分勝手じゃなく、どうしたらこの状況が良くなるか最善を尽くしてるんだから。私はあなたに感謝してるから」

3/21

その日は私の早目のバースデーのディナーをした。その日を逃したら、私は子供とハワイ、彼は家族の来日があるから。

彼が予約してくれたのはホテル最上階のレストラン。窓側の、夜景が見渡せる席。素晴らしい夜景に吸い込まれそうだ。

美味しいワインと食事、メインのステーキを楽しんだあと、サプライズのデザートプレートと共に彼がプレゼントをくれた。そしてこう言ってくれた。

「Happy Birthday Sakura、ここのこのテーブルでこれから残りの人生毎年お祝いしたい」

まるでプロポーズのようだ。私たちの未来が見えたような気がした。

私は嬉し泣きをしながら言った。クリスマスの時のように一つの袋にたくさんラッピングした小さなプレゼント、ハワイの本、そしてグアム行きの計画表だった。そしてメッセージカード。私は真っ先にメッセージカードを開けた。

“お誕生日おめでとう。ごめんね、誕生日の当日は一緒に過ごせないけれど、君のこと考えているから”

と書いてあった。

「来年のために同じテーブルを予約するからね」

XVII. 来日

3/21

ジュードの家族が来日した。家族が東京に滞在中は日本の電話は彼のオフィスに置いておくと聞いた。私は22日からハワイ旅行。

彼は家族が来ても仕事は相変わらず忙しそうだった。でも子供たちに会えてとても嬉しそうだった。
「一晩中赤ちゃんを見なきゃ。赤ちゃんにミルクをあげるのとクライアントに教えるの、どっちが辛いか分からないね！」
「素晴らしいパパだね」
「この時は楽しいよ、子供たちの成長は早いからね」
こんな話を聞くのはあまりいい気分ではない。
「そうなんだねー。あなた偉いね。あなたとその“時”を一緒にシェアできたら良いのにな」
彼が楽しみながら赤ちゃんの世話している様子を聞いて、どんどん鼓動が速くなる。なぜ私がこんな話を聞かなければいけないのか。夜中泣く赤ちゃんをあやしている彼の隣に奥さんが寝ている光景も想像してしまった。
二人で寄り添って赤ちゃんを見ているんだろうか。
そう一瞬で思ったから、メールをしながら心臓がドキドキした。だから嫌味を言った。彼はびっくりした顔の絵文字を送ってきた。
「その顔何?!　私、おかしいこと言った?!」
「ショック！　これ以上赤ちゃんはいらないよ！　僕は4人で十分！」
「分かってるよ。ただ私が言いたかったのは、幸せを愛してる人とシェアできるのは素晴らしいってこと」
喧嘩を売ってしまったかもしれない。でも私が本当に言いたかったのは、愛してない人と、赤ちゃんのミルクをあげる楽しみをシェアすることが嫌だということ。しかしそんなことは書けないから中途半端な言い方になってしまった。
「分かってる、分かってる。心配しないで、そんな真剣に受け止めてないから。だからあの絵文字を送ったんだよ」
彼は私の気持ちをちっとも分かっていない。
「もういいや、なんて言って良いか分かんないや」

「大丈夫だよ。ただのお互いの勘違いだよ。分かるよ。繊細な話だから。ごめんなさい。あの絵文字を送るべきじゃなかったね」
「絵文字のこと言ってたんじゃないよ」
「そう？　あなたが、喜びの瞬間を僕と分かち合えたら良いのになって言ったのは、“僕と一緒に居て幸せを分かち合う”という意味ではなく“赤ちゃんにミルクを一緒に僕とあげること”？
それにびっくりしたから、驚いた顔の絵文字を使ったんだよ。僕の勘違い？」
「ねえ、聞いて、もちろん、私たちが子供を育てている幸せな姿は想像するよ、それなのに今あなたはそれを愛していない人とやってるでしょ。私が言ってるのは、それが私だったら良いのになということ。赤ちゃんが欲しいという意味ではないわ」
二人が離れている時のしてはいけない妄想から来る怒りがエスカレートしてしまった。
でも彼は私の本当の気持ちが分かっているのだろうか。

私の誕生日

春休みに入った私は子供とハワイにいった。
ビーチで遊んだあと、部屋に戻るとピンクのバラの花束が部屋に飾ってあった。そして彼からのメール。
「誕生日おめでとう。今日はオフィスに来たから君にメール送れるよ。僕の愛を君の誕生日に送るよ」
すごく嬉しかった。期待してなかったので日本からお花の手配をしてくれた彼にどれだけ彼が私を幸せな気分にしたか、伝えた。
すると、
「今君の肌を隣で感じられたら良いのにな」
彼がこんなことを言う時は大抵そろそろ家族といるのが疲れて

きたか、奥さんに家事や育児を散々させられて嫌気がさしてるか、欲求不満の時だ。

「私もあなたのタッチが恋しい。柔らかい肌も、キスも全部。愛してる、そしてこのピンクの薔薇もとても可愛い！」

「気に入ってくれると思った。君、僕が何回ホテルに手配と確認電話したか分からないでしょ」

忙しいのに私のために頑張ってくれたんだと思うと嬉しかった。

彼はオフィスにいる時は必ずメールしてくれた。あの喧嘩以来、彼は仕事が忙しいと強調して私を不安な気持ちにさせないようにしてくれているのを感じる。

彼を信じて応援しよう。

4/10

ジュードの家族が帰国した。

その日は私と子供はお友達親子とテーマパークにいた。楽しい1日だったが、ずっと待っているのに一向に連絡が来ない。家族が帰国したら、すぐに連絡をくれると思っていた。

まだ家族が居た8日、がまんできないジュードと1時間会ったから？

彼の気持ちが分からなくなった。結局その日は連絡がなく、次の日の朝メールが来た。

「私、気分良くないの」

「どうしたの？」

「なんでだと思う？」

「僕が昨日連絡できなかったから？　夕方家族を成田に送ったんだ。日本の携帯はオフィスに置いたままだったから、今朝オフィスに来てこうしてメールしてるんだよ」
　私は無視した。
「何も言わないの？」
　とジュードは不満げだ。

「お昼のフライトだと聞いていたからご家族を見送ったらオフィスに電話を取りに行くと思って楽しみに待ってたんだよね」
「フライトは4時だった。その後高速が事故渋滞で1時間くらい動けなかったんだ。家に着いたのも遅かったし、疲れていたんだ。ごめんなさい。まさか君、僕がわざと避けてると思ったの？」
　いや、そんなこと1ミリも思ってない。
「あなた普段使ってる携帯があるでしょ？　緊急の時のために」
　しかも家族は飛行機の中だし、私に電話できたでしょ？　と言う意味で言った。
「家にはなかったよ。自分の普段使ってる携帯のみ」
「そうだよ。その電話のこと言ってるの。あなたたまにその電話からかけてくるじゃん」
「どうしたの？　確かに普段の携帯から一度かけたことあるよ、緊急でね、うん、僕のフライトが成田着から羽田着に変更になった時ね。君が成田に行かないように」
　だからその時と同じように私に連絡できなかったの？　疲れたからってどういうことなんだろう。

　この頃から彼の思考回路は自分中心的なのか？　と思い始めた。彼の普段使っている携帯は私の番号をブロック設定にしてあるので私はただ待つしかなかったのだ。

＊＊＊

5/15

彼が短期間NYに行きまた日本に戻ってきた。いつものように空港まで迎えに行き、そのままうちに帰って会えなかった分彼を思いっ切り感じる。

彼の気持ちは完全に私にある。NYには頻繁に帰っても、日本に帰国した彼を見るとNYには疲れに行ってるようだった。子供たちが可愛くても、相変わらず奥さんとは喧嘩ばかりだと言う。そして帰国した彼を見るとどれだけ私に会いたかったか分かる。

彼が帰国すると、ほぼ毎日会えなかった分を埋めるかのように一緒に過ごした。

5/28

彼の家に初めていったのはこの日だった。

彼の昔からの家族ぐるみの友達が日本に来ていたので彼はその友達と会っていた。しかし夜11時頃電話が入る。

「いつもの韓国レストラン予約してくれる？　今から3人で行くんだ。それと、君も来てくれる？　友達に君を紹介したいんだ」

「え？　いいの？　だって家族ぐるみの友達なんでしょ？」

「君の話をしたんだ」

予想してなかったので私は急いで化粧をして出た。

レストランに着くと彼を含め3人の男性がお酒を飲んでいた。二人共感じの良い人たち。私は笑顔で挨拶した。そして皆に肉を焼いたり、飲み物がなくなりそうになるとオーダーしたりと、好印象を持ってもらえるように努力した。ジュードは酔っていたけど嬉しそう。そして私の耳元でささやく。

「僕の向かい側にいる友達は僕の妻の浮気のことを全部知ってるんだ」

だから私を紹介したのかと納得した。でも彼の友達に会えて嬉しかった。彼のテリトリーを見せてくれた気がした。彼はさらに言う。
「君をうちに連れて帰りたい」
今まで一度も家に招待してくれなかったのに……。

ジュードは私の手を握り、寝室へ向かう……ここが寝室なのか。
見たくないけれど、目に入ってしまう。彼と奥さんの若い頃の写真、そして子供たちの写真がたくさん飾ってあった。
酔った彼はベッドで寝てしまうが、私はこの、奥さんと寝ていたベッドで寝る気がしない。写真をぼんやりと眺めていた。一つずつ投げて割ってやろうかと思ったけど、そんなことをしても意味がない。イライラした私は、彼がかけていたブランケットを取りあげた。
「どうしたの?!」
「私、このベッドで寝たくないから床で寝る」
すると彼は黙って私と一緒に床で寝た。しかし途中で寒くて体も痛くて音をあげ、二人でベッドに戻った。次の日の朝、私たちはベッドで抱き合って寝ていたのでそのままキスをし、セックスした。その後、
「この写真、やだ。どうして飾ってるの？」
「これはただの歴史だから」
もう2度と来たくないと思った。狭くても私の家の方がいい。こんな彼の思い出たっぷりの家には来たくないと思った。

6/24

夏の間はほぼ毎週クルーザー遊び。千葉や葉山、潮来、そして

品川や浅草、お台場などで二人だけで過ごした。

子供も夏休みの真っ最中だったので今年もキッズキャンプに預けてジュードとの時間を頑張って作った。ジュードは夏の間は3人の娘を1ヶ月以上サマーキャンプに預けていた。アメリカでは富裕層の家族は夏は子供たちを泊まりのキャンプに送る。

しかし2番目の娘がジュードに連絡して来て、ホームシックで辛いから迎えに来てくれと言っているらしい。それで彼はすぐにフライトを取った。

なぜ奥さんが迎えに行かないのだろう。彼女の方が、子供たちの近くに居るのに。

「もちろん行ってあげて。あなたの娘でしょ」

たとえ3泊5日でも彼はアメリカに次の日発った。

なんとか仕事も調整して彼を空港まで送り、帰国時は迎えに行く。そんなことを楽しんでやっていた。帰国した彼は思春期の長女のことも心配していた。キャンプから帰ってきた長女はジュードに夜中の3時に電話をしてきたらしい。

悩む彼に、

「あなたは最善を尽くしていて、素晴らしいパパ。話したいと言われればそこに居る。親に話せない子供もいるから」

そんなことを言った私に彼はありがとうと言う。しかしやっぱり東京とNYだから距離を感じると言う。電話で話せてもまだ遠くに感じる。そばにいてあげられたらと思ってもできないのが辛いと言う。

「あなたが悲しいと私も悲しくなるから。あなたの悲しさやストレスを私は幸せに変えたい。お嬢さんが辛い時にそばにいてあげられない悲しさは分かるけど」

第3章

決意と悲劇

XVIII. 信じてないわけじゃない

　8月になり、また灯籠流しの時期が来た。去年、これから毎年来ようねと約束していたので楽しみにしていたのだ。今年は二人で浴衣を着ていこうねと約束した。
　こんな風に愛し合っている私たちだが、喧嘩をしたことがないわけではない。“この状況”が二人を喧嘩へと導くのだ。私の“応援しよう”という気持ちと、彼が良いパパで一生懸命になればなるほど私は“不安”と“不安定”に襲われた。信じてないわけじゃない……。

　この日もお酒が原因だった。一番言ってはいけない、“私と家族どっちが大事なの?!”を言ってしまったようだ。自分でも信じられない。全く記憶にない私は次の日ひたすら謝る。すると、
「君が欲しいもの全てはあげることができないけどこの恋愛したいの？　君を不幸にしたくないけど、君が望むもの全てはあげられないんだよ」
「私はあなたと居る時は幸せだから。こんな喧嘩になってごめんなさい。次からはこんなことが起こらないようにするから」
　私が変わらないといけない。

　そんなやり取りのせいで灯籠流しは行けなくなってしまった。
　でも、私たちの愛情と絆は喧嘩をしてからさらに深くなったのかもしれないというところもあった。
　時はもう8月30日。彼のNYへの帰国が迫っている中、
「ねえ、君が恋しいよ。今すごく混乱してるんだ。子供たちと一緒に居られるのは嬉しいんだけど、君を感じている時間から離れたくないんだ」

嬉しかった。この前の喧嘩の時に言われたことなんて忘れるくらい。彼は私と子供たちのことを同等に考えているから混乱しているんだ、と思った。そしてさらに彼が言う。
「君と離れ離れになる3週間のNY滞在は全く楽しみじゃないよ、本当に重荷だよ」
「ごめん、君にこんなこと言って」
こんな風に言われると嬉しい。でも行かないでとは言えなかった。
「私は笑顔であなたを送るよ。だってあなた帰ってくるの分かってるから」
といつものように彼を送り出した。

彼がNYに帰った。彼の誕生日には二人だけが使っているGmailにメッセージを送った。
「世界で一番ハンサムでゴージャスな私のボーイフレンドに愛を送るね」
ありがとうの返事の次の日に彼からのメール。
「愛してるとだけ伝えたくてメールした」
私は彼の誕生日だから必ず奥さんが何かしらFacebookにアップしていると思い、ドキドキしながらチェックした。奥さんはショートムービーをアップしていた。それは奥さんがジュードに内緒で彼のお兄さんと、二人のお姉さんをイギリスから呼んだ時のシーンだった。チャイムが鳴ると皆がわざと彼にドアを開けさせる。そして彼が開けると“Surprise”の声と“happy birthday”と皆の笑い声。彼は照れながらとても嬉しそうな笑顔。そして“家族”でNYCでの集合写真。彼は赤ちゃんを抱っこ紐で抱えてる。奥さんは端っこで、彼の隣はお姉さんが写っていた。皆楽しそうに笑っていた。なんとも言えない気持ちになった。

XIX. 思いを伝えること

次は12月13日にNYに発つと言う。今回は早い。なぜなら、
「長女のバスケの試合があるんだ。どうしても行ってあげたい」
しかし大変なことが起こってしまう。

NYへの出発前夜、私たちはワインをたくさん飲んで深夜過ぎまで楽しく過ごした。もうこのまま寝ないで空港にいこうと話していたが、少しだけ休もうとうちで横になったらまんまと寝過ごしてしまった。彼はNY行きの飛行機に乗り遅れてしまったのだ。
最初に目覚めた私が、
「大変！　こんな時間だよ！　もう飛行機間に合わない！」
飛び起きた彼が怒鳴り始めた。私の子供が居るのに構わず嘆き始めた。
「クソ！　何なんだ！　なんで起きられなかったんだ！　ファック！　ファック！　ファック！」
もう止まらない。とりあえず落ち着かせなきゃ。
「子供が居るんだから、びっくりしちゃうから落ち着いてよ」
とりあえず落ち着かせてうちを出た。二人で成田に向かう途中、私が航空会社、数社に連絡する。彼はずっとファック！　ファック！　と怒っていた。そして
「娘のバスケの試合に遅れたらどうしよう」
と泣き出してしまったのだ。これには一気に白けてしまった。隣で一生懸命NY行きのチケットを探した。そして成田発の便があると分かって急いで空港に向かう。なんとかそのフライトに乗れるかもしれない。彼は自分に怒っていると言いながらも私と口もろくに聞かず、私が全て彼のフライトを素早く探して購入まで手伝ったのに、そのまま軽くバイバイしてそそくさと税関に向かっ

てしまった。いつもは私のことを何度も振り返りながら行くのに、今回は一度も振り返らなかった。
「君のせいじゃないから。これは完全に僕が悪い。自分の子供たちを優先にしない僕が自分勝手なんだ」
「子供たちにとても申し訳ない。そして君にも申し訳ない」
　一瞬考えた。
　この人は私の子供にしたことを全く考えていない。自分と自分の子供のことだけだ。空港からの運転中だったので少し考えて、家に着いてメールをした。もちろんその日は子供のスクールは休ませることになってしまった。被害を被ったのは彼だけでない。確かに私たちが夜遅くまで遊んで起きられなくて飛行機を逃したのは残念だったけど、私の部屋で怒鳴り散らして子供はとてもびっくりしたとあとから言っていた。“お友達を泊まらせてあげたんだけど、飛行機に乗り遅れてしまって怒ってしまったの。びっくりしたでしょ、ごめんね”と説明をし、精神的なケアをする。こっちだって大変だった。
　私は考えてメールをした。
「メールをくれてありがとう。今家に着いた。あなたがあんなリアクションをしたのは理解するし、私に何か助けられることがあれば何でもするよ。でも私の子供も今回の騒動ですごく驚いていたから、ちゃんと説明しないといけないの。今まで男の人の声をうちで聞いたことがなかったから」
　飛行機を降りた彼は私にまだ起きてるかというメールをしてきた。そして私の子供の心配をしているというメール。私は起きていたけど無視した。すると彼の普段使っている電話から着信も数件入る。もちろんその電話には私はかけることはできない。ようやく彼も気付いて焦っているらしい。また連絡してみるというメールが入っていた。

もう大丈夫だからとあとからメールした。彼はなかなか私のメールが頭から離れなかったらしい。こんなメールが来た。

「このことが頭から離れない。まだ君と君の子供、そして僕の子供たちに申し訳ないという気持ち。君が恋しい」

私はこう返信した。

「頭から離れられないんだ、ごめんね。これは突然起きたことだし、私たち急いでたし夢中だったから話もできなかったけど、話せる時ちゃんと話し合おう。で、子供たち、どうしたの？　なんで申し訳ないと思うの？　何かあった？　試合には間に合ったんでしょ？」

すると、

「ごめん。メールで全てを説明するのは大変だから。君たち二人が大丈夫で良かったよ。君が恋しい」

それからメールが途切れた。こんな時も私は奥さんのFacebookをチェックする。家族はどこかのリゾートに居た。彼が息子と真っ青の海で綺麗な砂の上に座って笑っている写真がアップされていた。彼は私があげたTシャツを着ていた。

そしてクリスマスの日に彼から“メリークリスマス。愛してる”とメールがくる。そして28日にもこんなメール。

「今夜君がとても恋しい。僕の肌に君の温かい肌を抱き寄せて君の寝息を聞きながら眠りたい。君の鼓動を隣で聞きながら。すごくすごく君が恋しい」

とても嬉しかった。

でも子育てや家族サービスに疲れると私を思い出すんだなと思った。そして私は、

「愛しいあなた、その感覚分かるよ、だって私も同じだけ恋しく思ってるから。あなたが今夜私の隣にいてくれるためなら何でも

する。そうなったら私の夢が叶う。あなたが帰ってくるまでいつもあなたのこと考えていて恋しいと思っていること分かってね」
「God！　君がもっと恋しくなった」
「あなたが帰って来て、私のことをどれだけ恋しいと思っていたか見せてくれるのが待てない！」
「恐ろしいくらい君が恋しい。夜は最悪だよ。子供たちがやっと寝静まって自分の時間になるとどれだけ自分が、君なしだとどれだけ孤独かって思い知らされるんだ」
　飛行機乗り遅れ騒動があったけど、私なしの彼はとても孤独だった。彼は変わっていない。それから帰国まで毎日このようなメールが来た。

　年が明けて帰国した彼はとても嬉しそうだった。車の中での会話もはずむがそこで彼が、
「ミュージカルにいったんだ。シカゴにファーストクラスで行くくらい高いチケットだったらしい」
　と言う。
「誰といったの?!」
「妻と…」
　どういうこと？　私の心臓はドキドキし、体が熱くなった。
　そして、
「あなた、奥さんと幸せなんじゃん！」
　すると、
「僕たちそんなんじゃないんだよ、現地で待ち合わせして、帰りはそれぞれ2番目と3番目の娘を迎えに行って帰ったし。君を愛してるから！」
　黙ってしまった。
　奥さんのFacebookを見るたびに私の不安が募る。そして喧嘩

になる。私は言った。
「あなたと奥さんの状況がどうなってるのか分からないから私の気持ちがおかしくなるの。あなたが奥さんを嫌だと思っていても、彼女はあなたを取り戻すためには何でもするから。それが私を不安にさせるの。あなたから連絡がないと色々考え始めてしまうの」
　すると、
「これからはもっとNYの状況も話すから。そして君を癒やして安心させるから。僕だって君が想像する以上にこの状況にもがいているんだ。でも君に“あなた幸せなんじゃない”って言われると、僕がまるでみんなをもてあそんでいるみたいじゃないか」
　辛くて言い合いになっても、お互いが理解し、納得するまで話すことが大事だと思った。隠しごとや、言いづらいことがない方が付き合いが上手くいくと思った。だからコミュニケーションは大事だ。

XX. 疑念～5人目？～

　彼はあまり元気がなかった。私と一緒に居て幸せでもNYの家族の悩みがある。長女のこともすごく心配していた。心だけでなく体も、風邪すら全く引かない私と比べて彼はよく体調を崩していた。
　1月半ばのある日私たちの大好きなイタリアンレストランで食事をしている時、彼が少しうつむき加減で言う。
「君に聞いて欲しいことがあるんだ」
　私は笑いながら、
「何？　奥さんまた“妊娠”でもした？」
　彼は一瞬驚いた顔をした。私は冗談よと笑った。

「実は奥さんが子供を欲しがっていて、5人目を作りたいと言われたんだ」
「ジュード、何言ってんの？　もちろんあなたは欲しくないって言ったよね？」
　私は震えが止まらなかった。食事はもう一切喉に通らない。
「セックスはできないって言ったんだ。そうしたら妻は怒っちゃって……」
「それでどうしたの?!」
「体外受精か養子が欲しいと言われた」
　私は怒りが爆発した。
「じゃあなんであなた、私と付き合っているの?!」
　胸が苦しくて、もうその場にもいたくなかった。
「もう食べたくないから出たい」
　私はそのまま一人で帰ってしまった。次の日彼からのメール。
「昨日は怒らせてしまってごめん」
　彼は何を言っているんだろう。
　私は昨日のことがまだ信じられない。
　もう言うことがなかった。
　やっぱり奥さんは子供を作ることで夫婦関係を修復しようと必死だったんだろう。
　でもあの時ジュードは私に約束した。
　上の3人の子供が離婚を理解できる年齢になったら、妻とは別れて君と結婚する。
　それなのになぜ今になってこんなことを言い出すんだろう。
　私は絶望していた。奥さんは妊娠するかもしれない……。
「まだ決まったわけじゃないし、僕は何があっても君と東京にいるから」
　私は気持ちの整理が全くできなかった。どうしていいか分からず、その週末の彼との約束はキャンセルした。
　私は絶望を抱えたまま一人で香港へ発った。

　香港滞在中、ジュードから頻繁にメールが来た。
「愛してるよ。この旅行で君が元気になればいいけれど」
「何言ってんのジュード、私はまだ絶望の中にいるの。食べられないし、眠れない。なぜならあなたを愛しているから」
「分かるよ。分かるから」
「私が楽しむために香港に来たと思う？」
「そんな風には思っていないよ。君を愛しているから。君を傷付けたくない」
「私は今、息をするのも辛い」
「君は素晴らしく強く美しい女性だから。君のことをずっと考えているから。君を愛している」

　帰国して私の家で彼と会った。鍵を持っている彼はディナーとワインを用意して待っていた。
　私は思っていることを全て話した。
「そもそも子供たちは赤ちゃんを欲しがっているの？」
「上の3人は欲しがっていないけど、4番目の子には友達が必要だと思ったから」
「友達なら公園に行って作ればいいでしょ？　どうして愛していない人と5人目なんて作るの?!　しかも長女が大変な時にあんたのモンスターワイフは自分勝手すぎるよ！」
　彼は黙って聞いていた。私は止まらなかった。
「あなたにとっての愛って何なの?!」
「相手に対してワクワクしたり切なくなる気持ち」
「その愛してる人を傷付けて楽しい?!　悪いと思うなら償ってよ」

私は彼との家が欲しいと言った。小さいマンションでも二人でシェアできるもの。もしくは子供。奥さんと作るなら私にも産ませて。その前にちゃんと私の子供に会って公認の関係になってと言った。

そして二人にとって3回目の春が来る。
「君の誕生日のお祝いを考えてる。NYから家族が来るのが3月17日から4月の2日まで。遅くなってしまうけど4月2日にお祝いをしよう」
家族が来るんだ……嫌だな。精子を取りに来るのだろうか。
私たちは些細なことでも喧嘩をするようになった。私は精神的に不安定だったし、彼もNYとのやり取りでストレスを抱えているようだった。そして忙しい仕事。それでも彼は言った。
「君に会いたい。君が心配だ。そして君を悲しませたくないんだ。愛してるから」
彼は仕事が忙しくても一生懸命、少しでも私と過ごすための時間を作った。

XXI. 変化

もうすぐ彼の家族が来る。私は彼の家族が日本に滞在する期間は日本に居たくない。去年はハワイだったが、今回は予算的にタイにした。子供の春休み、そして私の誕生日を兼ねての旅行だった。
私の誕生日の夜にホテルに戻ると真っ赤な薔薇とメッセージがあった。
「Happy birthday, love always」
ジュードは相変わらず毎日メールをくれた。東京に居る時と同じ。ただ会えないだけ。

早く会いたい……しかし3月30日彼からたくさんのメールが連続で届く。

「もしかしたら前の弁護士事務所に戻らないといけないかもしれない」

何が起きたんだろう。

「大丈夫だよ。落ち着いて、何があったか全部教えて」

「今の弁護士事務所の待遇が悪くなりそうなんだ。

そんなことになったら、東京で働きながら子供たちをこれまでのように養うことができなくなってしまう。

前に所属していた事務所の人から戻って来て欲しいと言われていると話したことがあるよね？　今その仲間とどうしたら東京にいながらNYと仕事ができるか相談しているんだ」

私はあまりにも突然のことでどう答えたらいいのか分からなかった。とりあえず冷静に、落ち着いて聞くしかない。さらに彼が続ける。

「今の弁護士事務所に大きく貢献してきたのに裏切られた気分だ。でも金銭面を優先しないといけない。だから前にいた弁護士事務所に戻るのがベストだと思う。子供たちをNYのスクールから東京のスクールへ転校させるわけにはいかない」

「そして君が心配だ。君に心配をかけたくない、そして君を失うのが怖い」

「大変だね。今の弁護士事務所好きだったんでしょ？」

以前リリーとダニエルに彼が自分の弁護士事務所のことを、"世界でも有名な弁護士事務所の一つ"と言っていたのを思い出した。なんとかならないのだろうか。彼はこんな風に扱われた以上、もうこの弁護士事務所には嫌気が差したと言う。でもポジティブになって頑張ると言った。そこで私が言った。

「そうだねポジティブがキーだね。でもなんで私のことを失うのが怖いって言うの？」
「だって前にいた弁護士事務所がなんて言うか分からないから。もしNYに異動って言われたら……君と離れたくないよ」
「でもまだ分からないでしょ？」
「最初に言われたのは“ベースがNYCでコンスタントに東京に行く”ということだけど、それを逆にしたいと思っている。“東京がベースでNYCにコンスタントに行く”」
そう交渉してくれると信じた。私はとりあえず深呼吸してあまり深く考えないでと言った。

＊＊＊

4月2日に家族が帰国してから彼は転職の必要書類を作成し、私を迎えに来た。私の2回目のバースデー祝い。お洒落して下に下りて彼とタクシーに乗る。
去年と同じ場所だ、ジュードは毎年ここでお祝いしようと言った約束を守ってくれた。
食事もワインも素晴らしく美味しい。テーブルも去年と全く同じ。椅子に座った瞬間嬉しくて泣いてしまった。料理が出されても嬉しくて涙が止まらなかった。本当に嬉しかった。そして彼が来年もここでお祝いしてくれることを祈った。デザートプレートの時、彼は可愛い花柄の有名ブランドのクリスタルのシャンパングラスとフランスの白ワインとイタリアの赤ワインをくれた。

「5月の初めにエグゼクティブミーティングがあるからそれまでは何も分からないと思う。君にも辛い気持ちにさせてしまい、申し訳ない」

それでも私たちは会えない時はずっとメールでやり取り、週末はできるだけ一緒に出かけたりして時間を過ごした。

二日後彼の面接があった。事務所側の希望はNYのオフィスで働き、日本とのコネクションを構築して欲しいということだった。彼はNYに帰ってしまうのだろうか。胸がしめつけられる。

「まだ詳細が決まったわけじゃないんだ」

ジュードが日本に残れることを二人で祈った。

そういえば奥さんが5人目の子供を欲しがっていると聞いてからもう3ヶ月以上経つ。あれからどうなったんだろう。彼の仕事のこともあったので私は聞かないようにしていたが、すごく気になっていた。

そしてある日私は勇気を振り絞って聞いてみた。

彼はもうすでに精子を置いてきたという。

ショックだった。

「どうして?!　なぜ愛してない人の子供を何人も作るの?!」

「僕が凍結した精子を置いてきたんだ。僕がちゃんと全てを話せば良かったんだけど、妻が子供を欲しがっていると話しただけで君が激怒してしまったからもうそれ以上言えなかったんだ。ただ妊娠の“可能性”というだけでまだ何も起こっていないから」

「子供を作ることと大きな家族を作ることがあなたを幸せにするの?!」

「多分、そう思う。普段君には家族の話はあまりシェアしないから……」

そしてジュードは続ける

「NYのことと君のことは別々にしてる、だって僕の生活の一部を見せるのは君にとってフェアじゃない。君が気分が良くないのは分かるし」

「ジュード、私が必要？　あなたの人生に」
「もちろん。君も知ってるでしょ。そう言ってるじゃん」
「あなた向こう(NY)で幸せになりたいって聞こえるよ」
「もし私と居たかったら私を幸せにしてよ」
「僕は子供たちといる時は確かに幸せだよ」
「あなた、今自分が何をしてるか分かってるんだね」
「でも君が僕を幸せにしてくれるんだ」
　私は怒りがどんどん込みあげてきた。
「あなた、私を傷付けてでもNYで幸せになりたいって言ってんの？　もしフェアじゃないと言うなら私が納得いくようにフェアなことできるの？」
「僕は“家族のことをシェアすること”が君にとってフェアじゃないと言ったんだよ」
「聞いて、子供たちに囲まれていることは僕を幸せにしてくれるけど、君と離れていると僕は不幸なんだ。実際今までの2年間、僕は子供たちと毎日生活していたわけではないけれど、君とはできる限り一緒に過ごしていた。それだけで君が僕にとってどれだけ大切な人か分かるはずだよ。僕が一人で日本に残っているのは君のためなんだよ」
　そして私は正直な気持ちを言った。
「あのね、私はあなたを信用してないわけじゃないの、でもあなたはいつか大きな家族に戻って幸せになるんじゃないかなって思い始めてしまったの。あなたは、私だけがあなたを幸せにするって言うけど、私にどう理解しろと言うの？」
「僕は君なしでは本当の幸せには絶対になれない。だから僕の人生に君がいて欲しいんだ」
「僕も君をいつも愛しているから」
「そして君と二人でやっていきたい」

「理想は君と一緒に日本にいること。でももし僕が仕事のためにNYに帰らないといけなくても、僕はまだ君とできるだけ一緒に居たい」

そこまで言ってくれるのは嬉しかったけど、私の不安はおさまらなかった。

XXII. 嘘つき

5月26日の奥さんの投稿

“シャンパン飲む時間だよ、そしてテーブルの上で踊ろう”

私はその投稿に対してのコメントも全部読んだ。ある人のコメント

“あなたが妊娠し続けなければね”

そこにはジュードのお姉さんのコメントもあった。

“9月が予定日？”

もう確定だと思った。鼓動が速くなる。

私はNYの親友アンソニーに電話する。すると、

「さくら、もし彼女が5人目妊娠してたら、もうジュードと別れなきゃダメだよ」

「分かった。考える。今はショックで何も言えないの」

一方ジュードは何も言わない。ある日には私のマンションのバルコニー用に椅子やテーブル、そしてバーベキューのセットなどを買いにいった。帰って来て彼がセットアップしている間、私が足りないものを買いに一人で出た。帰ってくるとバルコニーが綺麗にセットアップされていた。すごく嬉しくて幸せだった。

しかし次の日も、その次の日も、奥さんの妊娠について教えてくれない。私はまだ黙っていた。5月も終わりそうだった。

「今週採用になって転勤になるかどうか、分かると思うから。分かり次第君に知らせる」

「あまり心配しすぎないようにしようね」

「僕が何か隠しているとか君に思われなくないから」

「分かってるよ、あなたのこと信じてるから」

「良かった、僕も君を信じてる、愛してるよ」

嘘つき……。

2017/6/12

そしてジュードと3回目の夏を迎える。

この先どうなるのか分からない不安でいっぱいだったがもうあまり深く考えたくなかった。私をとても愛してると言うジュードを信じるだけだった。

“たくさん時間を過ごして愛し合っていれば大丈夫”

しかしあることがまた私を苦しめた。

「3人の子供たちがサマーキャンプに行っている間、妻は4番目の子を連れて東京に来る計画をしているらしいんだ」

私はスクリーンに次々と表示されるメッセージを全て読んでしばらく既読にしなかった。

半日返信しない私に彼は言った。

「君、辛いの分かるよ。妻が東京に来る日までできるだけ一緒に居たい。明日君の家に帰れるように仕事調整するから」

せめて奥さんが来るまではずっと一緒に居たい。また2、3週間会えなくなるし、東京のあのベッドで奥さんと寝るのかと思うと胸が苦しかった。しかも奥さんは妊娠してる。事情を知らない他人が見たら、絵に描いたような理想の家族ではないか。考えれば考えるほど気が変になりそうだった。

6/24

私は子供を連れてアメリカに発った。子供のサマースクールに連れていくため。本当は送ってからそのまますぐに日本に戻るつもりだったが、ジュードの奥さんが来ることが分かったので、夏休みをもう少し取ってアメリカに残ることにした。

子供をサマースクールに預けた私はそのままサンフランシスコの友達に会いにいった。少しでもジュードのことを忘れたい。忘れられないけど、友達と時間を過ごしたりすれば気も紛れる。

ジュードは相変わらず私を気にかけたメッセージを送ってくるが、言い合いになるメールの方が多い。私は彼のことが許せない。その理由は奥さんが日本にいることと、妊娠していることを彼がまだ言わないから。

それから私は1週間彼のメールを無視して完全に心を閉ざした。しかしその間彼は毎日メールをよこしていた。

“おはよう、美しい人”

“多分君は一人になる時間が必要なんだね、もちろん尊重するから。愛してるよ、そして君、元気だといいけど”

“おはよう美しい人”

“分かった、今から家に帰るから”

“愛してるよ”

どうして？　どうしてこんな状況なのにこんなに私を追いかけてくるの?!　だったら5人目なんて奥さんに妊娠させないでよ！

しかし悲しいのは私だけではないと言う。
「僕だってこの全ての状況が難しいと思ってるよ。僕だって君がここに居る時も居ない時も考えっぱなしだよ。そして今まだ分からないことだらけ、僕の仕事の場所がどうなるか。だからもちろん、今は大変な時だと理解してる。明日最終のビデオカンファレンスインタビューがあるから、もっと詳しいことが分かると思う」
ずっと気にかけてくれる彼に私はとうとうメールしてしまった。
「インタビュー頑張ってね。私がそばで支えられたら良いんだけど」
こんなに傷付いても、彼が大変な時は支えていた。それは彼からの愛を感じられたから。

＊＊＊

そして私は7月7日の金曜日に帰国した。彼の奥さんと息子はまだ東京に居る。しかし彼はまた私の家で私を待っていた。

そして私はついに尋ねた。
「奥さん、妊娠してるよね。どうして言わなかったの？　私がどんな思いで2ヶ月を過ごしたか分かる？　奥さんが子供を欲しいって言った時に、精子置いて来てたんだね、嘘つき」
「まだ妊娠するかも分からなかったし、妊娠してもまだ安定期に入ってなかったから言わなかったんだ、ごめん」
私は怒って彼を帰した。奥さんと息子のいる家へ……。
次の日の朝、
「愛してるよさくら」
全く彼のことが理解できない。この人は何がしたいんだ?!
しかし私も愛してると言いながら昔彼が送ってくれたラインのスクショを送った。

「あなたが過去にどれだけの傷を負ったか覚えているし、人生で愛する人のためにはチャンスを得ないといけないと思ってこれを保存しておいたの。私はこの付き合いに対して誠実でいたいの。そうしたら何があっても最終的に私たちの関係がどれだけ大切か分かると思うから」

と添えた。彼はびっくりしたようだった。

「あなたが恋しくなった時、でも連絡できない時にこれらのメールを見返して、自分は愛されてるんだって言い聞かせるために取っておいたの」

「私言ったよね？　私には何もないって。あなたがNYにいる時は連絡取れない。辛い時やあなたが恋しい時にあなたからのメッセージを見るだけだから」

「これらのメッセージが私たちの昔の幸せな記憶と愛を感じさせてくれるの」

私は彼の言っていることがだんだん綺麗ごとに思えてきた。私は混乱してはジュードを責め、彼は動揺する。でも彼は悪いと思っているのかまだこの関係をやめたくないのか私の近くに居る。近くに居て私の話を聞く。

「君を愛してるよ。僕は君がこれを乗り越えられるように頑張るから」

XXIII. 決心

私は今まで何をしてきたんだろう。彼と私の愛だけを信じてここまでやってきた。子供をあちこちに預け彼との時間を作った。預けるためのお金だって私だけが工面してきた。

彼は言った。

「僕はこの関係のために君が犠牲にしてきたことは本当に感謝してる。僕はそれを当たり前のことだと考えてはいないよ」

なのに彼が奥さんと離婚して私と一緒に居る約束をして1年後にはあっさり5人目を作られ、NYへの転勤が決まってしまった。しかも精子を置いてきたことを言わず、私が奥さんの妊娠を発見した。私の望みは一つも叶わなかった。

この時から私の中の何かがプツンと切れてしまった。

私はピルを飲むのをやめた。妊娠しよう。そう思ってピルをやめてから少し気が楽になった。まずは不妊治療のレディースクリニックにいった。

「まだ排卵もちゃんとしています。まずはタイミングから始めましょう」

良かった。……私たちは頻繁にセックスしていたのでタイミングも何もない。排卵日も避妊はしていなかった。

ジュードは、7月の終わり頃に正式に会社を辞め、以前13年間働いた法律事務所でまた働くことになった。NY異動は決まっていたが、いつとはまだ知らされていない。ということはまだしばらく日本に居られるのかなと思った。

私が彼に内緒で妊活を始めてから私はジュードに対して怒らなくなったし、辛く当たることもなかった。私が妊娠して彼の子を産めば、彼とずっと一緒に居られるのだと思ったら気持ちが落ち着いた。私の子供はまだアメリカから帰って来ていなかったので、私たちは新婚夫婦のように毎日一緒に過ごした。彼の嘘や赤ちゃんのことなんて気にしなければこの人とは楽しくほぼ一生愛人で居られるのに、それができなかったのは彼をとても愛していて自分だけのものにしたいと思ったからだ。彼に内緒で妊娠を計画しているのも愛情なのだ。NYに行ってしまっても二人を繋げるものが欲しい。そして彼の子供を産めば彼とは一生繋がって居られる。愛なのか復讐なのか恨みなのかどうでも良かった。奥さんだってジュードを繋ぎ止めるために子供を作ったんだから。

私は彼に愛されてるから子供ができても大丈夫。

外資系の会社のせいか異動となったら早かった。9月1日からNYの事務所に出社だと言う。まだ信じられない。この人は本当にNYに行ってしまうんだ……。

ということはもう残された時間は1ヶ月もなかった。

「すごく悲しいよ。ただ子供のためには良いんだと言い聞かせるばかりだよ。特に長女。でも君と離れることを想像するのは辛い。精神的にも肉体的にも君と離れてどうやって生きていけばいいのか分からないよ」

「どうしたらいいのかこれからのことを話し合おう」

そして出会って3回目の灯籠流しにいった。前の年は一緒に行けなくて、等々力渓谷の川にあとから二人で流しにいった。一緒に行けるのは今回が最後かもしれない。

彼がNYに発つギリギリまでたくさんの時間を過ごした。そんなある日の夜、その日は彼は会えないということだったので私は家に居た。すると夜11時頃彼から電話が来る

「スペインに旅行中の父が突然心臓発作で亡くなった」

私もびっくりしてすぐに彼の家に行き、ハグをした。ジュードが8歳の時に離婚して随分寂しい思いをしたが、父親のことを完全に嫌いになることはできないと言った。もちろん、親の死はとても悲しいはず。そして仕事をしながらお父様のことできょうだいとのやり取り、引っ越しなどで彼もくたくただった。

そしてやっと全て片付いた彼は31日にNYへと発ってしまった。帰る前の二日間はホテルに泊まり、当日は朝、私が羽田まで送っていった。
「携帯は持っていって。東京にも仕事で来るだろうし、この携帯が私たちを繋げる唯一のものだから。この契約ならアメリカでも金額は変わらないし」
「分かった。ありがとう。愛してる。君に毎日連絡するから」
彼は何度も何度も振り返りながら出国手続きに向かった。
在留カードに穴を開けられたとメッセージが来て、ようやく本当に彼が日本を引きあげる瞬間だと気付いた。そう思った瞬間から涙が止まらなくなった。彼は飛行機が飛ぶ直前までメールをくれた。
「僕のこと忘れないでね」
「どうやったら忘れられるの？」

＊＊＊

彼は毎日私が持たせた日本の携帯からメールをくれた。オフィスに着いた、ランチタイム、などなど、NYの朝はこっちの夜なので時差的には難しくない。
彼は日本の携帯を奥さんに知られないようにオフィスに置きっぱなしにしていた。なのでオフィスに行かなかった日はメールはこなかった。あらかじめ知らされてない時がほとんどだったので、連絡が来ないと不安だった。そこから喧嘩が始まる。
本当に連絡したければ、いくらでも他の方法があるはずだ。彼がNYで幸せそうに暮らしているのかと考えると、許せない。すぐに機嫌が悪くなる私は彼にとって面倒な存在だったはずだ。しかし彼は私を突き放そうとはしなかった。

日本時間の9月29日、5人目が誕生したというメールが来た。どんな思いで立ち会ったのだろう。

彼も2週間くらい休みを取ってひたすら子供たちの面倒を見ていた。そして息が詰まると「会いたい、恋しい、君に触れたい」などのメールが頻繁に来た。しかし彼はまた赤ちゃんといるんだ。幸せなんだ。

一緒に居る時は幸せだけど、離れている時は心配だし悲しいという気持ちは日に日に悪化した。そして彼を責めた。

「忙しくてもNYの生活は充実してるでしょ？」

「子供たちといつも一緒に過ごせるのが嬉しいのは本当だよ。でもだからって君が恋しくないという意味じゃないよ。そして僕は毎晩ベッドでは孤独なんだ」

ジュードは同じことを何度も何度も私に言う。

「僕から愛されていることを分かって欲しい。君に悲しい気持ちになって欲しくない。僕は子供といる時は幸せだ。でも君のいない毎日は幸せじゃない」

「じゃあどうしたら私があなたを幸せにできるの？　こんなに離れているのに」

彼は乗り越えられると言うけれど、私はもう希望もなかった。でもそれと同時にあることを思い付いた。

「パイプカットして」

5人目を作った彼を私はもう信用できず、NYCの医者を見つけてリンクを送った。

思ったよりも早くNYに異動になってしまった今、私が妊娠するチャンスもかなり下がったし、むしろNYで6人目なんて作られたらたまらない。

以前も私が提案したことだ。彼は6人目はないと言っていたけど、いつどうなるか分からないし信用できなかった。なので手術を勧めた。彼も「これ以上子供は欲しくないから手術する」と言ってくれた。

私はこの頃から遠距離恋愛についての動画をたくさん観るようになった。しかし相手は既婚者。全然意味が違う。結局、頑張ろうという瞬間と、幸せなんだろうなという彼への憎しみが行ったり来たりだった。

でも私がいくら辛く当たっても、くじけない彼、降参しないでなんとかしようとする彼だった。10月の終わりになると、

「11月にヨーロッパの出張があるから一緒にいこう」

ロンドン、パリ、マドリード。嬉しそうに絵文字付きでメールが来る。時間的に少しでも長く一緒に居るにはこのチケットがいいと。ただし彼が送ってきたのはエコノミークラスのチケットだった。ショックだった。

愛の量をそこで量るわけではないけど、彼の推定年収6000万。今まで宝石の一つも買ってもらったことがない。

二人で旅行するならエコノミーでもいいけど、15時間以上一人でエコノミーは辛い。彼は奥さんを飛行機に乗せる時は必ずビジネスにしているはずだし、粗末に扱われているように感じた。どうして私をもっと大切にしてくれないの？　それにこのチケット代は私がヨーロッパに行くために子供を預けるシッター代ともほとんど変わらない。

しかし結局そのチケットで行くことになった。まずはロンドンから。彼は先にホテルに到着し、ミーティングに向かう。私は空港から大きなスーツケースを抱え電車で周りに助けられながらなんとかホテルに着いた。私の大変さは分かるはずだ。タクシーの手配ぐらいしてくれてもいいのに。

ホテルに到着した私を見たジュードはすごく嬉しそうだった。すぐにキスをする、しかしもう出ないと間に合わないと言ってタクシーで、ある場所に行く。そこはシアターだった。そんなサプライズのプランはとても嬉しかった。その後食事をし、ホテルで朝まで愛し合った。久しぶりに触れた彼の肌は温かく気持ちいい。次いつ愛し合えるか分からない私たちは、時間の許す限り愛し合う。

ああ、これが毎日だったら幸せなのに。もっと一緒に居たい。

彼は少しだけ寝て、仕事に向かい、私はロンドンを観光した。24日に誕生日を迎える彼。私は東京で調べたレストランをすでに予約してあった。昼間はロンドンにあるデパートでカフスを買った。奥さんに一番疑われないプレゼントだから。そして夜は、レストランで彼の誕生日をお祝いした。ハッピーバースデーのデザートプレートを出してもらってプレゼントを渡した。食事のあとは夜のロンドンを散歩し、ホテルへ戻り再び激しく愛し合う。

次の日彼はドイツで会議をしてからパリに夜到着した。私は夕方到着したので軽く観光をしながら彼を待った。この旅行のために勉強したフランス語も使いながら楽しんだ。

次の日はエッフェル塔が目の前に見えるカフェで朝食を取り、散歩をしながら観光する。あわただしかったが充実していたし幸せな時間だった。写真もたくさん撮ったのでまた素敵な思い出ができた。そして午後にマドリードへ一緒に向かった。

濃厚だけどあっという間の旅だった。でも体で彼の愛を感じることができた。明日からまた頑張ろう……。

日本に戻って1週間くらいは旅行の余韻で幸せな気持ちだった。しかししばらくすると自由に連絡ができない彼に腹が立ってくる。

特にジュードは既婚者なんだから、人一倍努力しないといけないと私は思った。私の友達も同じことを言った。不満を言うとすぐに直すけどまたおろそかにするからまた不満が出る。その繰り返しだった。

＊＊＊

その後はアメリカはThanksgiving holidayに入った。Thanksgiving、息子と彼のバースデーと彼にとってのイベントだらけだった。
彼の奥さんのFacebookを覗いた。奥さんが自転車で走っている動画が投稿されていた。彼が後ろを走って撮影しているようだ。会話は聞き取れなかったがとても楽しそう。そして最後に“Happy thanksgiving”とリズム良く言って終わった。幸せな夫婦の光景だった。

XXIV. 妊娠

12月になって生理が来ないことに気付いた。薬局で買った妊娠検査薬では陽性だった。ピルをやめて約5ヶ月で妊娠した。計算をするとこの子はパリでできた子だった。
嬉しかった。
彼は子供が大好きなので愛する私との子供と聞いたら喜んでくれるだろうと思った。
「私妊娠した」
彼はものすごく驚いた顔をしながら最初に出てきた言葉は、
「ファック！　嘘だろ?!　その子俺の子？」
「当たり前でしょ」
彼はとても動揺していた。そしてピルを飲んでいたんじゃないのか？　と言われたので“飲み忘れた”と言った。次に出た言葉は

「産むつもりじゃないよね？」
　息が止まりそうになった。まさかこんなことを言われるとは。

　それからの毎日は、今までにないくらいのメールの数とFace-Timeの連続だった。
「そもそもピルは99%避妊できるはずなのにどうして少し忘れたくらいで妊娠するの？」
　飲み忘れたと言い張る私に、彼は途中からそこを追及しなくなり、本題の“堕ろす”という部分に全精力を注いだ。
　私が妊娠する前はほとんどFaceTimeなんてなかった。それなのに、仕事が忙しいはずなのにほぼ毎日2時間、長い時は5時間も話した。
　私は泣きながら言う。
「どうして？　どうして愛してない奥さんに子供を産ませて、愛している私に子供を堕ろせって言うの？　おかしいでしょ。私は愛している人の子供だから産むし、認知もして欲しい」
　彼は真っ青になった。そして、
「認知なんて絶対にできないし、君はこの子供を堕ろすんだよ！
　僕が奥さんに子供を産ませたのは家族だから。上の子供たちと同じお母さんの子供だからだよ。君のことは愛しているけど子供を産むことによって僕の子供たちにどんな影響を与えると思う？
　君だって君の子供にどうやって説明するの？　君の子供が僕の子供たちにSNSを使って連絡し、僕のことを話したらどうするの？」
「だったら認知したくなかったらしなくていい。私一人で育てるから。そして私の子供にはちゃんと赤ちゃんのことは説明するつもりだから。あなたの名前や存在は何も言わないし、産まれてくる子供にも父親の存在は秘密にするから」

「この子は望まれて産まれる子じゃないんだよ！」

奥さんが5人目の子供を欲しがっていると聞いた時、私にも子供をちょうだいと言ったらはっきり拒否されたことを思い出した。その頃私はもうピルをやめようと思っていたし、彼のNY異動も予想できた時期だった。もう黙って妊娠するしかないと思ったのだ。

しかし、実際ここまで拒否されるとは思わなかった。

どうしてだろう？　奥さんや子供たちに知られることをそこまで恐れているのだろうか。

「私元々シングルマザーだから。このままこの子も育てる」

そう言いながら香港の親友に連絡した。彼も弁護士なので色々と相談にのってもらった。

「NYの司法システムでは、結婚している人以外に子供がいると弁護士資格の更新ができないと思うよ」

私が彼の子供を産むということは彼にとってマイナスでしかないんだ。

それに彼は養育費も請求されると思っているんだ。

「お金もいらない。これまでもあなたからお金をもらったこともないし。私は産むから」

「君が赤ちゃんを産むならもう君には会えないよ。この子はお父さんのいない子になるんだよ」

確かに子供にどう説明したらいいのかは悩む。突然ママが妊娠したなんて聞いたらどんなに驚くか……。

ジュードはまた“愛”という言葉を使って私に中絶を勧めてくる。

「君に正しい選択をして欲しい。そして君が辛い時は僕がそばにいるから」

「私たちの子供を堕ろして、その後何もなかったようになんて振る舞えない」

「分かってる。簡単な選択ではない」
「私が奥さんの5人目の妊娠を知った時、あなたが私に嘘をついて凍結した精子を置いてきたこと、それが私を壊したの」
「でも君が産むことを選択したら、何もいいことはないよ。君が中絶のダメージを乗り越えるために僕がそばにいるから」
「あなたは自分を守らなきゃいけないからでしょ、私はあなたを破壊しようとなんてしてないし、する気もないのに」
「そんな投げやりにならないで」
「私は今までずっとあなたを守ってきた。なぜならあなたと出会えたことは、私の人生で今までにない素晴らしいことだったから」
「分かってる。感謝してる」
だから1回くらい私の好きにさせて欲しい。愛する人と一緒になれないなら愛する人の子供がいればいい……。
「私はあなたといるためにたくさん犠牲も払った。
あなたを守るためなら何でもしたよ。でも私ってあなたにとって何なんだろう。あなたがNYに帰ってからこんなことを毎日考え始めてしまったの」
これまでは携帯をオフィスに置いていた彼は私と話すために携帯を持ち出すようになった。そして犬の散歩のたびに電話してくる。自分の将来がかかっていて必死な時こそ彼は頑張るんだなと思った。

彼はメールを送ってくる。
「ここ数日間ちゃんと話せてないね、君のことすごく考えていてすごく心配してるよ。1月に会えるまでは遠すぎるよ。恋しいよさくら、愛してるよさくら。一緒に居る時も離れている時も僕たちの愛は確かなものなのだと感じたいよ。君が今夜寝る前にこのメールを読んで一言でも返信してくれることを願っているよ。

愛をこめて　　ジュード」

彼がこんなに頻繁にメールを送ってくるのは、彼がNYに戻って以来この時が最初で最後だった。

＊＊＊

彼と知り合って最初の2年間は、希望と将来がある幸せな恋愛だった。しかし3年目は彼の嘘と奥さんの妊娠で、天国から地獄に落とされた気分だ。だけど愛してる。でもこれは愛なのか執着なのか？　騙されたから自暴自棄になっているのだろうか？

しかし彼はとても執拗に、毎日のようにFaceTimeをしてきた。堕ろせという意見を絶対に変えない彼に私は、

「ジュード愛してるよ。そしてあなたを失いたくない。でも今回はあなたを失うかもしれない。私はあなたの愛を繋ぎとめるために赤ちゃんを利用しているわけではない。なぜなら私たちの愛はいつもあるから。今の状況は私にとっても辛い。でも赤ちゃんはあなたの子、私の本当に愛する人の子供だと考えるとやっぱり産みたいの。そしてもし私が中絶してもしなくてもあなたは私から去ると思う、だから怖いの。私がどんな選択をしても一緒に居てくれたらいいのにな」

「僕はこんなに君を思っているのにどうして分かってくれないの？もし中絶するなら、君のためにそばにいるよ。僕たち一緒に乗り越えられるから」

もう私は彼が信じられなかった。どうやって何を乗り越えると言うの？

「私は毎日孤独で悲しいの。話すたびに“堕ろせ”と言うあなたの言葉を思い出すと涙が出てくる」

　彼は必死だ。なんとしてでも私を説得しようとする。
「僕たち二人の愛を大切にしたい、この愛が終わって欲しくない」
「じゃあ赤ちゃんが居たらあなたは私をもう愛してくれないの？」
「僕は君をいつまでも愛してる、でも赤ちゃんは全てを変える」
「分かるよ、何かは変わる、でも全てじゃない」
「最悪な状況になるよ、きっと。僕たちにとって最悪、子供たちにとっても最悪、僕たちそれぞれの家族にとっても最悪、そして君は最終的に僕を突き放すと思う」
「なんで突き放すの?!」
　そんなつもりは全くなかった。
「赤ちゃんが居るとうまくいかないよ、でも僕と君だけだったら上手くいく」
　そのあと彼が衝撃的なことを言った。それは私の気持ちを戸惑わせた。
「あと2、3年もすれば妻はまた他の男たちと遊び始めて“Fuck around”（外でやりまくること）すると思うから、そうしたら今度こそ親権を取って君と一緒になるから。だから今回だけは僕の愛を信じて中絶してくれ」
「なんでまた遊び始めるって分かるの？」
「絶対ではないけど、前にやった人はまたやるから」
「じゃあ今すぐ奥さんに愛していないって言って別れてよ。そうしたら私、中絶するから」
　彼は黙ってしまった。今すぐにはできないということ。ずるい、そして結局喧嘩になってしまう。

「あなたが考えているのは、自分と自分の子供たちを守ることだけ。そして私のお腹の中にいる赤ちゃんのことは、生まれて来ても幸せにはなれないと決め付けている。今まで自分の子供にそんな扱いしたことある？　そしてしようとしてること分かってるの？確かに私たち、赤ちゃんいらないよねって話したことあるかもしれないけど、できたんだからしょうがないでしょ？」
「僕は自分自身がそうだったから、父親がいない環境で育つ子供の辛さはよく知っている。分かって欲しい」
彼はもっともらしいことを言うが結局自分を守るために必死になっているだけだと思った。

＊＊＊

12月25日には“Christmas Love”のメッセージと一緒に素敵な花束が届いた。それから毎日彼からのメールが来るが、私は返信しなかった。彼は“心配だから、一言でいいから何か返信してくれ”と来るが、私は全く返信する気が起きなかった。本当に立場が逆転した。NYに異動したばかり頃と全然違う。彼の子供を妊娠しているというだけで強い立場になれるのかと思った。もう連絡なんていらない。

そして大晦日、
「さくら愛してるよ。2018年も一緒に過ごせるのを楽しみにしているから」
私は年が明けてメールを返した。あまり体調が良くなかったという理由を付けた。

8日に彼がオフィスに戻ると早速FaceTimeで同じ会話をする。
「堕ろしてくれ、その子供がみんなにどんな悪影響を与えるか」
「私は産みたい」
そして喧嘩のまま終わる。夜11時から、話し終わるのは朝の3

時。ジュードも仕事どころじゃないんだろう。
「私がどれだけ傷を負ったか分かる？　どれだけ傷付いたか分かる？　あなたと奥さん、そして赤ちゃんが東京で過ごしているのを見て私が何も考えないと思う？」
「赤ちゃんを諦めて欲しいというのは僕の幸せのためだけじゃない。君のためでもあるし、僕たち二人のため、君の子供、僕の子供たちのためでもある。何よりお腹の中の赤ちゃん自身のためでもあるんだよ」
　もうその話はうんざりだ。
「ところであなたいつパイプカットに行くの？　それとも彼女また妊娠してるの？」
「まだスケジュールは決めてない。そして妻は妊娠していない」
「奥さんに愛してないって言って」
　私は彼に奥さんに向かって愛していないとはっきり言って欲しかった。でも言ったところで証拠も見られないしそれは不可能だと思った。
「私は奥さんの妊娠を知るまでは幸せだった。私はあなたが奥さんと離婚すると言った時は幸せだった。私はあなたの言ってくれたこと全てが幸せだった」
「僕は何があっても僕たちの強い愛で全てを乗り越えられると思っていたんだ」
　彼は愛で私を責めてくる。そして彼の人生に私が居て欲しいと言い続ける。
　私は色んな理由をつけて彼に反論する。カトリックだから中絶できない、とか子供も楽しみにしているとか……すると彼は言った。
「中絶ではなく流産したって説明すればいいんだよ」
　なんてことを言うんだろう。私はこんな人を愛しているのか。それなのに彼は言う。

「愛してるよさくら。僕たちに未来があることを信じているから。君も信じて欲しい」
　私が望む未来は彼と居ること。しかし彼は何を望んでいるんだろう。家族とこれまで通りに暮らしながら私とも付き合っていくこと？
　私は考えることにも嫉妬することにも疲れてしまった。この子と一緒に彼がいない人生を歩む覚悟をし始めていた。

XXV. 中絶という選択

　2018年1月21日、彼が来日した。直前まで喧嘩をしていた私たちだが、お互い実際に顔を見るととても嬉しく笑顔になった。
　彼が泊まるホテルに一緒に行き、着いた瞬間愛し合う。一緒に居れば私たちは幸せ。その日はルームサービスを取り、ゆっくりした。次の日東京は雪が降った。
「誰かさんがNYから雪を持ってきた」
　冗談を言いながら笑う。和やかな日だった。

　次の日私はこっそり区役所に行き、母子手帳をもらった。
　そして彼からのメール。
「君を失った気分だ。喪失感に襲われている」
「私昨日一緒に居たでしょ、そんなこと言わないで。何があっても私と一緒に居られるようにして」
　喧嘩をしてはこんな感じで仲直り、でも私の中絶したくない気持ちは変わらない。しかし彼の顔を見てはどうしようもない気持ちになる。
　私は母に電話をした。

「ママ、私話があるんだけど……」
「あら、どうしたの？」
「私妊娠してるの」
　母はとても驚いた。そして私は初めてジュードの話をした。母は一言
「堕ろしなさい」
　私は息が詰まり、苦しくなった。
　私の母も言うし、堕ろした方がいいのかもしれない、とその時一瞬考えてしまった。
　そして彼との喧嘩ももう疲れてしまった。

　私たちは次の日一緒にクリニックにいった。中絶についての説明を聞き予約をするためだ。クリニックのルールで彼は診察室には入れず病院の外で待っていた。終わってから一緒にホテルに戻るが私は彼と話したくないと言ってホテルを離れた。
　夜になってホテルに戻るが彼が一向に帰って来ない。彼の帰国の前日だった。何度メールを送っても既読にならない。夜中を過ぎてやっと読んだと返事が来た。携帯をサイレントモードにしていたらしい。私が連絡すると思わなかったのか？　本当自分勝手だ。

　結局彼が部屋に戻ってきたのは夜中の3時半だった。私はこのまま中絶することにやはり納得が行かなくて、また大喧嘩になった。私は、彼に言った。
「あなたはどうせ奥さんと離婚しないだろうし、でも私は言う通りに堕ろすから慰謝料を3000万ちょうだい。そして私の前から消えて」
　震えあがった彼は「そんな金ない」と言った。年収6000万は

もらってるくせにそんなはずないだろと言う。すると彼は通帳を見せた。それは奥さんとの共同口座で、250万だけ、入っていた。よく見たら毎月70万ほど奥さんの口座に振り込みがされていたのでそこに貯金をしているのだと思った。しかし私は彼の言うことを聞いて中絶するのだから3000万だったら子供を産んで慰謝料請求されるより安いだろうと言った。
「じゃあ奥さんと別れて。もしくは奥さんにこの話をして。言えなかったら私が言う」
　彼はその場で崩れ落ちてしまった。そして私に、
「僕の子供たちを傷付けたら君を恨むからな」
「恨んでください。私も恨むから」
　3年前に、まさか私たちがこんなことになるなんて全く想像していなかった。とても悲しい彼の東京滞在最終日だった。
　その後、日本語の中絶予約表を読めない彼はなんと中絶の予約がちゃんと入っているか、ホテルの受付の女性に確認しにいったのだった。なんということをするんだろう。どれだけ必死なのか。興醒めだった。
　しかも中絶の書類には自分の名前も勤務先も書きたがらない。身分証のコピーも置いていかなかった。
　そんなあとでも私たちは同じベッドで眠り、朝になると私は黙って彼を空港まで送っていった。
　私の心のどこかには苦しんでる彼を見る優越感があったのかもしれない。そしてそんな彼を愛しているという気持ちはまだ消えていなかったが。

＊＊＊

「愛してるから」と言葉を残し、彼はNYへと帰っていった。

NYに着いた彼は、
「赤ちゃんを諦めることが、君をどんなに傷付けることなのかは分かっている。いつも君のことを考えているし心の中で君を抱きしめているから。中絶のお金は払う。そしてその後の心理ケアのお金も払うから」
そんなこと言われても何も響かなかった。絶対に産んで欲しくないという気持ちを、愛しているからという言葉でごまかそうとしている。

「昨日のクリニック受診は私にとってすごく辛いことだった。私はあなたがもっとも愛する人なのに赤ちゃんを産めない、そしてこの苦境は私一人で心を閉ざしながら対処しないといけない。そしてもし私が赤ちゃんを諦めないなら、君とはもう一生会えないという。これは私への最大の脅しだと思った。そうしたら私たちの赤ちゃんも私も惨めな人生になるかもしれないから。あなたに脅されたから私は中絶を考えたのだと分かって欲しい。なぜなら私はあなたを失いたくないから……」
彼の言う通りに中絶したら自分は精神的にどうなるか分からない。でもジュードと子供のために私は耐えるんだよ、それだけはお願いだから覚えておいてねと言った。

XXVI. この子の命

そう言いながら私は2月の2日の中絶の日まで数日間彼との連絡を絶った。もちろんその間ジュードは心配そうにメールをしてくる。
そして2月2日の手術の当日。私は母と一緒にクリニックにいった。妊娠13週に入っていた。看護師さんからの説明を受ける。中絶のあと区役所に行って赤ちゃんの死産届けを提出する。その届けは私の戸籍に残るらしい。そして埋葬許可書をもらったら、埋葬所の方が赤ちゃんを病院に取りにきて、特別なお寺に埋められる、そして終了、という内容だった。

私はその話を聞いた瞬間泣き崩れてしまった。そして、

「堕ろしたくない。この子を産みたい。どうして堕ろさないといけないの？」

看護師さんと医師の前で泣き崩れてしまった。年配の医師は私に言った。

「堕ろしたくなかったらやめた方がいい」

母が言った。

「頑張ろう。ママが付いている、協力するから」

母がかけてくれた優しい言葉がジュードからのものだったら、どんなに嬉しかっただろう。

私は母にジュードの話は一切してなかったのだが、これを機に全て今までのことを話したことも伝えた。そしてまだ私がジュードのことを愛しているということも話した。

しかし母は言った。

「もしあなたがまだその男とただ楽しみたいだけなら、中絶しなさい、その代わりママは一切サポートしないから。その男は奥さんと絶対離婚しないし、あなたはその現実に一生苦しむことになる。でももしその男があなたのことを本当に愛しているならあなたが子供を産んでもあなたのところに来ると思うけど、それは奇跡に近いわよ」

＊＊＊

その日の夜、私は彼に中絶手術を受けることができなかったことをメールで伝えた。

私は彼に母がジュードについて言ったことも話した。ジュードが私に言った“愛してる”や“気にかけてる”“心配してる”は私が中絶すればの話。これからは一人で覚悟を決めて赤ちゃんを産まなければならない。

私はこれから前向きに生きていこうと決意した。母子手帳がこれからどんどん埋まっていくんだ。超音波の画像も毎回楽しみだった。嬉しい反面、私はシングルマザーとして強く生きていかないといけない。そして自分の子供のケアもしないといけないと考えていた時だった。

しかし中絶ができなかった日から約1週間後のことだった。突然の出血があり病院に行く。最初の子を産んだ病院で、同じ主治医の先生に久しぶりに会えて嬉しかった。そしてまたこの病院に通院できるのが楽しみでしょうがなかった。

「あら、久しぶりね！」

と先生は言ってくれた。出血の原因は胎盤の位置がおかしいためだが大抵は元の位置に戻るから心配しないでいいと先生に優しく言われほっとする。妊娠14週の時だった。胎児はとても元気だけど、前回の妊娠とは違うからあまり無理しないようにと言われた。

「具合はどう？　出血は治った？　FaceTimeしたけど出てくれなかった。折り返しもない。話してくれたらいいんだけど……」

「おはよう、今そこにいる？　クライアントと1杯飲んで、君と話すためにオフィスに戻ってきたんだ。話せるかと思って。でも無理そうだから、東京時間の夜にまた連絡するね」
　彼の必死さが伝わってきた。
「FaceTime したんだけど、返信ない。また言うけど……君が話してくれたらいいな。もし話し合いも何もできないならしょうがない。君がそうしたいんだろうから。でも僕は君と話したいんだ」
　こんなメッセージが1週間続いた。

　そしてそんな中、2月14日にバレンタインの花がうちに届いた。しかし結局話したのはバレンタインが過ぎた6日後だった。彼は私が死んだと思ったらしい。出血がひどいと言ったから。
　結局また長い FaceTime をしたあと彼からのメッセージ。
「愛してるよさくら。お願いだから僕の愛を疑わないで」
「私も愛してるから、ジュード。あなたのこと、また信じるから」
　喧嘩しては仲直り、の繰り返しだった。

＊＊＊

　2月も半ばを過ぎるが私の出血は止まらない。医師からは、
「前置胎盤ね。しばらく安静にして仕事も無理しないようにね」
　そんな時彼から3月13日から18日まで日本に来るとの連絡があった。
「こんなにたくさん喧嘩しても僕に会いたい？」
「当たり前でしょ、私はあなたのためにここに居る」
「中絶キャンセルしたからその費用払うから口座番号教えて」
「中絶しなかったしセラピーも受けてないからお金はいらない」
「じゃあ3月に会った時に渡すから。いくらだったの？」
「たった2万円だから、しかも私がキャンセルしたからいらない」
「分かった。じゃあ次会った時のディナーで高いワインをご馳走するね」どうしてこんなに無神経なことを言うのだろう。妊娠中

の私は飲めないし出血もしてるのに……。

「赤ちゃんを産むことで、私たちの未来がどうなるかは私には分からない。だけど私はあなたを決して傷付けない、裏切らない。あなたを一生愛するから」

「君がそうしてくれるといいな。だって僕は君みたいな人にもう会えないと思うから」

だったらどうして私に協力して、赤ちゃんを産ませてくれないの？

2月の終わりになっても一向に出血は止まらず、医師からは絶対安静で、出産まで入院した方が良いと言われた。しかし子供がまだ小さいのでそういうわけにはいかないし、毎日の子供の面倒を母親に見てもらうのも申し訳ないと思った。これからもう一人子供が増えるわけだし、彼に頼らず育てるには仕事も続けなければならない。この頃には前置胎盤、切迫早産を避ける薬を処方され、毎日飲んでいた。彼はそんな時にもお腹の赤ちゃんを心配するようなことは全く言わなかった。ある日長いメールが届いた。

「君のことばかり考えているよ。そして君の赤ちゃんを産むという決断についても毎日悩んでいる。

僕が君を愛しているのは知っているよね、特に前置胎盤で出血している君の体調が心配だ。特に君から1週間何も連絡がないのも心配だった。正直言って、僕の気持ちは今とても沈んでる、この先のことを考えるとますます暗くなる。君は僕を一切頼らずに子供を自分一人で育てると言っている。

だけど今はそう言っていても、あとから僕を少しずつ君と赤ちゃんの人生に引きずり込もうとしているのではないだろうか。

僕たち二人の間に子供が生まれるということは今想像している

以上に大変なことだから。
何が正解でどんな解決法があるのか、僕にも分からない。
子供が生まれたことを僕の家族が知った場合を考えると、僕たちは今から少しずつでも離れる準備をする必要があると思う。
だけどどうやって君と離れたらいいのか分からない。君を愛してる。そして僕は東京に自分の子供がいることをNYの家族に隠し続けなければいけないし、僕の子供を育てている君とも会えない。考えると胸が張り裂けそうだ。
僕の人生には君が必要なんだ。それはこれからも変わらない。君が子供を産むことで僕の人生から君がいなくなってしまうのが本当に怖いんだ。
そしてもうそれがすでに始まっていてやめるには遅すぎたんじゃないかと思うとそれも怖いんだ」
「あなたの言っていることや心配していることはよく分かる。私もこれからのことを考えると怖い。
でも一番不安なのは、出血が続いていること。赤ちゃんと自分の体が心配なの。それに私は、すぐ目の前にある問題を一つひとつ解決していかなければならない。だから将来のことまで考えられないの。そして今はすごく孤独を感じているわ」
「僕は君に怖い思いをして欲しくないし、不幸せになって欲しくない。今そこにいて君を助けることができたらいいのに……。君に僕の全ての愛を送るよ」
それならどうして私が幸せになるように私の望みを叶えてくれないの？

＊＊＊

3月の初めになるとお腹は張り、子宮が引っ張られる感じがした。これは胎動なのかと思ったけど違うらしい。彼は私の体調を全く気にかけようとしない。もうかれこれ3週間出血は続いている。少しずつだが胎盤はちゃんとした正しい位置に戻ろうとしているらしい。心配だった。でも唯一の支えは赤ちゃんが元気だということだった。頑張ろう。無理しないように頑張ろうと赤ちゃんと自分に言い聞かせていた。妊娠17週の時だった。

ジュードの来日が近付いていた。

「来週会えるの楽しみにしてるからね」

「私も。やっと会えるね。羽田に行けるようにするからね」

「もうすぐだから。愛しているよ」

前置胎盤のことを友達に相談したら、とても心配してくれた。前置胎盤を説明する動画も送ってきた。友達は言う。

「ずっと家にいないとダメだよ、出血してるんだから」

「分かってる。無理してないから大丈夫だよ。ジュードがもうすぐ日本に来るんだ」

「さくら、ジュードに会うつもりなの？　会っちゃダメだよ、会ってどうするの？　セックスしちゃいけないんだからね！」

「分かってるよ。彼だって分かっているはず」

友達はすごく心配してくれた。

しかしジュードはひどいことを言った。

「多分妊娠すること自体が君にとって普通じゃないんだよ」

言葉を失った。ただ前の妊娠とは違うだけだ。優しさが全くないが、怒る気力もない私は話をそらした。

「東京来たら、何したい？」

「うーん、仕事が色々入っているんだ。火曜日の夜は到着したらそのままクライアントディナーに行くかもしれない、そうなったら羽田から直接タクシーで行くからそのあとに会えるよ。君だって子供と家にいる時間だし、難しいでしょ？」

何か違う。彼の様子や言動がおかしい。彼が帰国する時に私以外との予定をいれることなんてなかったのに。私はそういう勘は昔から鋭い。胸騒ぎがした。
「早く君に会って君の肌を感じたい。君を近くで抱きしめたい」
「ファックはできなくても、口でするから。ところでいつもみたいにあなたがクライアントディナーの間はホテルの部屋であなたのことを待っていればいいの？」
「ホテルに着いたら連絡するからそれまで近くで待っていてよ、バーとか」
「私妊娠しているから飲めないの、それに出血してるから……」
彼が私の体のことを親身になって考えていないのがよく分かった。

3月13日にジュードが到着した。彼に会えたのは夜の10時すぎだった。ホテルの隣のバーから友達と出てきた彼は私を無視した。私はそのままロビーへ向かい、そして彼は友達とバイバイしてから私が待つロビーへと向かってきた。
喧嘩ばかりしていたけど、会えて嬉しい。セックスはできないけど二人共裸になって抱き合ってキスをするだけでも私は幸せだった。しかし彼は私の体を見て一言、本当に妊娠しているのか？と言う。まだお腹も目立っていないから……そして出血しているのに私に、
「君の体は本当にセクシーだ」と言いながら迫ってくる。
「私出血してるんだよ、ダメだよ、できないよ」
しかし彼は、
「君がセクシーすぎるからいけないんだ、しかも妊婦だってファックできるんだよ」
「私、普通の妊婦じゃないよ！」

しかし彼は挿入し、私の中で射精した。

次の日も彼はクライアントディナーで私は彼が帰るまでホテルのロビーで11時すぎまで待たされた。そしてやっと部屋に入れると思ったら酔っていた彼は間違えて同僚のジャケットを着て帰ってきたためホテルの部屋の鍵がないことに気付く。なんとか部屋に戻ったが、彼は私にまた体を求めてきた。私が泣いているのに挿入した。

気持ち良くもないし、愛もなかった……。

次の日も彼はクライアントディナーだったので夜しか一緒に居られなかった。ただ一緒に寝るだけ。そして出血している私の体を求めてくる。やめてと言っても愛してるからと言いながら、じゃあせめて外で出してと頼んでも聞いてくれなかった。すごく辛かった……。

今までこんなことはなかった。彼の出張の時が唯一私たちが一緒に過ごせる機会なのに、今回は火曜日から金曜日全て彼はクライアントディナー。その後しか一緒に居られない。何なんだろう……。そして嫌だと言うのに体だけは求めてくる。

今回の出張は日曜日に日本を発ってそのままサンフランシスコに行くという予定だと言う。だから土曜日の夜だけ一緒に食事をした。彼が3月に日本に来ると分かってすぐに予約を取った銀座にある懐石料理のお店。大好きなお酒はもちろん飲まず、ジュードだけ飲ませてあげた。食事のあとはすぐにホテルに戻り横になった。

お腹の張りが強かった。相変わらず出血しているのに彼は私の体を求めてくる。

「ごめん、お腹も張っているしちょっと休ませて……」

それでも彼は後ろから抱きついてくる。そして私の体を触りながら「君がセクシーすぎるからいけないんだ」と後ろから挿入してきた。私は動かず固まってしまった。この人は何を考えているんだろう？

中で出されたのでシャワーで洗いに行かないといけない。シャワーのお湯と一緒に血液が流れていくのを見ながら私は泣いた。

その数時間後、お腹と腰に激しい痛みが起きた。お腹はパンパンに張っていた。何かがおかしい。彼に触ってみてと言ったら手の甲の方でさらっと触れることしかしてくれなかった。

彼とホテルからタクシーで病院に行って私はそのまま入院となった。今でも忘れられない、私が受付をしている最中、彼は携帯でサッカーの試合を観ていた。彼はホテルに戻っていき、私は病室で点滴をしながら一人、とても弱気になっていた。

「あなたと居たいよ、愛してるから、ジュード」

「君は自分の体を大事にしないとダメだよ、僕は今六本木の新しいクラブにいるよ、ここの人たちみんなフレンドリーだよ」

メールの最後には、舌を出した絵文字があった。私は何も返信する気にはなれなかった。

翌朝になるとなんとも言えない腰の痛みが酷くなった。

本当は朝から彼に来て欲しかった。そばにいて欲しかった。すぐに来て欲しいと言ったが、仕事が残っていると言われ、午後2時に行くと言われた。そして母には今病院にいることを伝え、彼が今日、日本を発つ日だから、夕方病院に来て欲しいと伝えた。母はとても落ち着いていた。

しかし2時になっても彼が来ない。私の具合は悪くなる一方だ。

点滴の量を倍にしてもらう。結局彼が病院に来たのは3時半を過ぎていた、そしてものの10分くらいしか居てくれず、羽田に向かってしまった。彼は全く何も食べられず痛みで苦しんでいる私に、食事とビールの写真をつけて、
「プレゼンテーションは昨夜のディナーと同じくらい良かったよ」とメールを送ってきた。舌を出した絵文字まである。私を心配する気持ちは全く感じられない。
さらに追い打ちをかけるように、
「昨夜食べ過ぎたから陣痛が起きたのかな」
と送ってきた。
そんな話は聞いたことがない。どうしてそんなことが言えるのか。とても悲しかった……。これは陣痛ではないのだ。点滴で抑えてるから大丈夫だからと私は心の中で信じていた。

その直後に担当医が来た。
「もしかしたら流産してしまうかもしれないわ。ベストを尽くしているけど、点滴もあまり効いていないから、陣痛が始まっている可能性があるわね」
どうしよう、赤ちゃんを失ってしまう……。
そして母が私の子供を連れて病院に来た。子供は何も言わず、母の隣に座っていた。私は大丈夫だからと言って二人を帰した。
それから数時間後、破水してしまった。震えが止まらない、涙が出てきた。赤ちゃんが出て来てしまう……泣きながら分娩台に乗った瞬間赤ちゃんが出て来てしまった。
小さな小さな赤ちゃんだった。
それはたった5ヶ月だったけど私のお腹にいた、私とジュードの赤ちゃんだった。5ヶ月だったのでもう顔もはっきりしていたし体もできていた。とても可愛い女の子だった。しかし私にとっ

てなんとも残酷な結果となった。
　辛い。産みたかったよ……ごめんね。

　そんな中さらに傷付く出来事があった。今でも忘れられない。夜勤で私の担当だった看護師に言われた言葉だ。
「あなた、今度子供を作る時は、あの彼はやめた方がいいわ……今回の流産はセックスが原因なのよ」
　言われた瞬間は何が何だか分からなかったけれど、あとから悲しみと怒りが込みあげて来て、その話を母にした。母は激怒して師長に電話をした。担当医、師長、その看護師が直接母に謝罪した。私は行かなかったが、その看護師は号泣しながら何度も謝っていたらしい。
　私は何度も何度も母に言った。
「ジュードに会わなければ赤ちゃんは死ななくてすんだのかな」
　狂ったように泣き叫ぶ私に母は言った。
「好きな人に体を求められ、迫られたら断れないのはしょうがないわよ。あなたは悪くない。これは運命なの。もしかしたら生まれてこなかった方が赤ちゃんのために良かったのかもしれないと考えないと、あなた精神的におかしくなるわよ。強くなりなさい」

＊＊＊

　母と一緒に泣きながら次の日退院した。その足で区役所に死産届けを出しにいった理由は早くこの子を供養したかったから。
　何もかも全て泣きながらこなした。そして親友に報告した。
「ジュード、まるで子供を殺しに来たみたいじゃない？　許せないよ！　さくら今回ジュードに会わなければ良かったかもね。私もすごく悲しい。しかも入院中は付き添わず、日本を発ったら流産するなんて。目的を果たして飛行機乗ったみたい。ひどすぎるわ」

ずっと堕ろせと言っていたジュードが、私の前置胎盤を知って、もしかしたらなんとか妊娠を阻止できるかもしれないと思って計画的にやったのかもしれないと私も思い始めた。でも私も悪いのは分かる。精子が陣痛を引き起こすのは分かっていたから。自分は大丈夫だろうとたかをくくっていたわけでも何でもない。でもこんな簡単に流産してしまうなんて、私はそこまで危険な状態だったのだと改めて思い知らされた。ただただ愛する彼を拒むことができなかった。私が弱くてバカだったんだと自分を責め続けた。

サンフランシスコに到着した彼に流産したことを伝えた。すると、

「せっかく君の妊娠を受け入れようと思っていた矢先の出来事だったね、ごめん。でも君が無事で良かった」

許せない。どこからそんな言葉が出てくるんだろう。受け入れようと思っていたと、今さら言うなんて。ジュードの本性を見た気がした。

彼はまたメールを送ってきた。

「悲しい気持ちは分かるよ。でも君が悪いんじゃない。今回のことは君の力で防げることじゃなかったんだよ。君は一人じゃない。僕がいる。愛しているよ」

「簡単に忘れることなんてできない。むしろ後悔することだらけだよ」

「僕は“忘れろ”なんて言ってない。色々な思いがあるのは当然だよ」

まるで他人ごとだ。人殺しのくせに。

「友達に言われたわ、ジュードに会って流産したなんて皮肉だよ。どういう意味なんだろうね？　看護師にも言われたわ。『セックスが今回赤ちゃんが亡くなった原因だ』って。精子が陣痛を引き

起こすんだよ。もう手遅れだけどね。それを言われた時の私の気持ち分かる？」
「それは違うよ。その看護師が言っていることもおかしい。妊婦だってセックスしても構わないでしょ？」
「妊娠中でもセックスはできるよ。でも私は前置胎盤で切迫早産と言われていた。セックスするべきじゃなかったの」
「君の妊娠は問題が多かったから、セックスのせいで流産したって言われただけだよ」
　違う。彼は分かっていてやったんだ。
「これからこの傷をどう背負っていくのか？　どれくらい時間がかかるのか分からない。この先一生かもね」
「そんなことはないと思うよ」
「じゃああなたは時間が癒やしてくれるって思ってるんだね。結局あなたの思い通りになったね。今どういう気持ちか教えてくれる？」
「僕だって君にこんな辛い思いはさせたくなかったよ。赤ちゃんを欲しがっていた君がどれだけ傷付いているか分かるし、僕だって悲しいよ」
　嘘だ。でもこういう言い方するのが彼らしいと思った。
「いいじゃない、あなたは将来の心配もなくなったし平和な生活に戻るだけだから」
「そんなんじゃないよ」
　こうなってしまった今は何とでも言える。流産した私は、彼の計画通りになった負け犬だと思った。辛い、許せない……。
「私赤ちゃんを亡くしたばかりなの。あなたは何も失ってない。そしてあなたは、自分の赤ちゃんが地球の裏側で生きている心配をしなくていいんだから」
「僕そんな気持ちじゃないよ。朝のミーティングに行かなきゃいけないから。また連絡する。愛しているよ」

私はまだ流産したあとも出血していた。その出血は妊娠中を思い出させ、まだ赤ちゃんがお腹の中にいるかのように感じた。私は我慢できず出張中のジュードに電話をした。
「私の妊娠をやめさせるために日本に来たの?! 私とファックしまくったら赤ちゃんが死ぬって分かって来たの?! 全部計画してやったの?!」
彼がサンフランシスコにいたので、彼がホテルの部屋にいる時は私たちは何時間もまたFaceTimeで話をした。子供を亡くした私を彼はどう思っていたのか、傷付く私を可哀想だと思っていたとしても結果に関しては幸せなんだろう。ほっとしたと思う。私の気持ちはいったり来たりだった。彼を憎む言動を吐いたり、赤ちゃんを亡くした今、どうしていいか分からないが「愛してるから、二人の愛にフォーカスしよう」と言った彼の言葉を思い出したり。子供をたとえ産めたとしても彼を完全に切るつもりもなかったし、いろんな気持ちが私の頭の中をぐるぐる回る。発狂しそうだった。彼を突き放したり、また一緒に居たいと思ったり……こんな情緒不安定にさせる、そんな彼が憎い反面私は彼にこう言った。
「この赤ちゃんのためにもあなたと一緒に居たい。『彼女はあなたのために死んだんだよ』。私はこの赤ちゃんの死を無駄にしたくない。彼女はあなたのために引き下がったんだと信じたい。だからあなたがこうなった今、まだ私と居たいかもう終わりにするか決めて」
「もちろん僕は君と一緒に居たい。愛してるから。君のことが気になるし、君がどれだけ傷付いているか分かるから」
傷付いている私を思って言ってくれたのだと思った。彼は「一緒に居たい」と言ったしその後も優しいメールと仕事が忙しい中のFaceTimeでのコミュニケーション。特に今の私の状況に同情してくれた。だったら私も彼と居たい……。

第4章

終わりと始まり

XXVII. アンソニー

4月10日からジュードはワシントンDCへ出張に行くと言う。私はなんとかして会いに行きたいと思った。彼がNYに帰国してしまってから私を招待してくれたのは香港とヨーロッパだけだった。その上ヨーロッパ行きのチケットについてビジネスクラスでないことに不満を言って以来、一切私を招待してくれなくなった。彼はプライドが高く一度決めたら妥協しないのがよく分かった。今回も会いに行きたいという私に少しも援助してくれなかった。私がジュードの立場だったら、不倫相手には金銭的な負担はさせたくない。彼ができることは私に金銭的な負担をさせないことなんだと今は強く思う。しかしその時は言えなかった。そもそも言いたいことを言っても分かってもらえなかった。それは言葉の問題ではなく、彼の都合の良い捉え方しかしてくれないのだと感じた。それでも私は言った。
「あなたに会いに行くのに相変わらずシッター代もかかるんだよね。ちょっとくらい助けてあげるとか言えないの？　それとも私と特に会いたいと思ってないの？　ジュード、あなたは私と本当は何がしたいの？　私もう傷付きたくないの。私はあなたともう一回幸せになりたい。でも私すごく傷付いて壊れてしまったの。これは私の被害妄想じゃない。あなたが東京にいる時から一緒に過ごすために色々手配してお金がかかったの。あなたが私と会いたいと思ってくれているならそれでもいいとずっと思っていたわ」

私の苛立ちを彼は全く理解していなかった。“自由になるお金がないからごめん”ともプライドが高いので言えない。

結局私は自腹でジュードに会いにいった。私の流産のあと1ヶ月ぶりの再会だった。ホテルのロビーで待ち合わせした彼は子供たちとのサッカーでひねったと言って足を引きずっていた。そのまま部屋に入り、ベッドの前で抱き合った。彼は私をきつく抱きしめ、“会いたかったよ、もう喧嘩はしたくない”と言いながら私の洋服を脱がせ、体中を愛撫しその後彼はいつものように私の中に入ってきた。

少し休むと、食事にいこうと私たちは外に出た。彼はとても素敵なレストランを予約してくれていた。私はそこで今回の辛い経験を語り、死んでしまった女の子の名前は、ジュードがいつも私に送ってくれた薔薇からローズという名前にしようと決めていたことを話した。

次の日朝のミーティングを終えた彼と合流した。彼とこうやって散歩をしながら観光するのはすごく久しぶりだった。パリ以来だった。ちょうど桜が満開で綺麗だった。

桜の下で撮った写真の私の顔は毎日泣いていたせいか腫れていた。

次の日の夜はまた違った素敵な店を予約してくれていた。まだ悲しくて食欲もなく、あまり食べられなかったけれど、終わったあとはまだ時間が早かったので2軒目にいった。そこでまた喧嘩になってしまった。

「もう赤ちゃんも亡くなったし私はあなたが言ったように二人の愛のことだけを考えるわ。私、NYに住もうかな、なんとかしてくれる？」

彼は強くこう返した。

「僕と子供を引き離したいの？　僕は毎朝子供たちに朝食を作ってあげたいのに、別々に住めって言うの？」

恋愛は勝ち負けでは決してない。でも私はこの時敗北感でいっぱいだった。もう本当にこの人とはたまにしか会えないただの愛人、体だけの相手になってしまったのだ。

次の日は彼が仕事をしている間美術館巡りをした。大好きなアートを楽しめば、苦しさも少しは紛れるかと思っていた。しかし、途中で呼吸が苦しくなり、ベンチに座り込んでしまった。涙がポロポロ出てきた。ジュードにメッセージをするが返信が来たのは3時間後だった。私は一人でやっとの思いでホテルに戻った。

次の日私は彼と別れて飛行機でNYへと向かった。空港まで迎えに来てくれた親友アンソニーを見て私はまた泣いてしまった。アンソニーはゲイだ。優しくていつも私の気持ちを分かってくれる。

数時間後ジュードもNYに戻ってきたので、初めてアンソニーをジュードに紹介した。アンソニーは100%私の味方なのでジュードと私が上手くいくように助けてくれることを願った。

そして2018年4月24日、付き合って4回目の記念日をメールでお祝いした。何の迷いもなく愛し合っていた頃の二人に戻りたい。そんな願いをこめて伊豆旅行、札幌、山中湖でのジェットスキーに乗っている時の写真を彼に送って思い出話をした。

彼が5月に仕事で日本に来ると言う。4月にアメリカで会ったばかりだが、また会えると思うと嬉しかった。オーストラリアで金曜日にミーティングがあり、日曜日に東京に到着、その週の土曜にNYに帰るスケジュール。ホテルは3月の来日の時と同じだと言う。

「そこじゃないホテルがいい、お願い。辛い思い出があるから」

すると、

「そのホテルと流産をつなげてるの？」

「色々な辛いことを思い出させるからいやなの、お願い、今心臓もバクバクしてる、怖い」

「あれは過去のことでしょ、悲しんでもいいけど、怖がることはないでしょ。ただ僕は流産とあのホテルの関係性が理解できないんだよ。それって僕といたことも関係してるってこと？」

　この人は自分に都合が悪いことは全て忘れてしまうの？　もしくは自分が都合の良い風にしか考えられないのか？　なんて自分勝手なんだろう。

「ジュード、あなたを愛しているけど、あのホテルであなたとセックスした瞬間、お腹が痛くなったんだよ？　私があの病院に行く度に亡くなった赤ちゃんを思い出すのと同じだよ」

「でも僕と会う前から出血していたでしょ、あの日の夜が流産を引き起こしたって言うの？　君、そうだって前に言ったよね。僕がやったって。まだそれを信じているの？」

　辛い。そんなことを言っても赤ちゃんは戻って来ない、私はただ前に進みたいと言っているだけなのに。流産を思い出させる場所には行きたくないと言っているだけなのに、わざと意地悪をされている気がした。

「この苦しみを乗り越えたいし、あなたともできるだけ一緒に居たいと思っている。だって私たちには限られた時間しかないから」

「君は妊娠している時、子供を産みながらでも僕と付き合いたいって言ったでしょ？」

「妊娠している時に、私は自分のことは自分でやるからって言ったのは、あなたには家族がいるからあなたを守ろうと思って言ったこと。覚えていてよ。あなたを切り捨てて赤ちゃんを選んだってわけじゃないし。私はあなたのことだけを一番に考えてきた。この3年間ずっと」

「君が僕のことを思ってくれてないって言ってるんじゃないよ、でも君の赤ちゃんを産もうとした決断は君だけのためでしょ、僕のためじゃない」

　傷付いている私の気持ちなんてちっとも考えていないのがよく

分かった。

「一人で赤ちゃんを産もうという決意をしたのがどれだけ孤独だったかあなたには分からないのね。それは幸福な選択かどうかは分からなかったけど、私はどうしても中絶はできなかった。でもね、もう実際赤ちゃんはいないの。何に対して文句を言ってるの？あなた何がしたいの？」

「僕は何も文句を言ってないよ」

「私はあなたを決して裏切らない。あなたはいつも自分の思い通りになっているじゃない」

「君の流産は僕が望んだことだと言ってるの?!」

　彼があのホテルに泊まるなんて言わなければこんな喧嘩にならなかったんだ。どうしてこんなに無神経で自分勝手なのか？　仕方ない。私は諦めた。

「いいよそのホテルで。あなたといられさえすれば。私も前に進まないといけない……」

　その日の夜ジュードからメールが来た。

「今僕がどこにいるか分かる？　もしくは、誰といるか分かる？って聞くべきかな？」

　彼はアンソニーと一緒に居た。実は私がホテルの件などをアンソニーに相談したら、僕がジュードに話すよと言ってくれたのだ。知らないふりをしたが、ジュードを誘って出かけることはアンソニーから聞いて知っていたのだ。

　二人は楽しく食事をし、当然私の話になった。アンソニーにも言われてから結局ジュードは違うホテルを予約することにした。人に言われて初めて自分の思いやりのなさに気付いたのだろうか。

　そしてアンソニーとの食事が終わる頃、ジュードからメールが来た。

「早く君に触れたい。すごく恋しい」

アンソニーと会ったあと、いつもジュードは私に優しくなった。アンソニーは“あなたは既婚者だから、人一倍努力しないといけないんだよ”とジュードに言ってくれたらしい。ジュードの意見を聞きながらも私のことを思っていつもアドバイスしてくれたアンソニー。彼はそれから私たちにとって重要な存在になった。

XXVIII. つかの間の安穏

そして5月17日、彼はカナダ経由でオーストラリアに行ってから日本に来る。彼は日本の携帯をこっそり荷物と一緒に詰める。そして空港に着いてすぐメールを送ってきた。
「シートはそんなに大きくないけど君と一緒に眠れたらいいのにな。もう我慢できないよ、君はセクシーすぎる」
私もあなたが欲しいと答えた。すると、
「僕は80歳になっても君に夢中で、君のことが欲しくなると思うよ」
「もし生きていたらね」
「80歳の二人が一緒に居るのは、簡単に想像できるよ」
どんなに愛し合っても彼が私のものにならないことは分かっている。でも何十年後を語ってくれるのは、永遠を誓ってくれたようで嬉しかった。

彼はNYから離れると、いつものジュードに戻る。家族から解放されるためだろうか。彼の到着が待ち遠しい。今回はプロ野球のチケットを取った。彼と過ごす時に着る下着も決めている。
「君を早く抱きしめたい。愛してるよ」

5月20日の夕方彼は日本に到着した。私が空港まで迎えに行ってそのまま一緒に彼が滞在するホテルに向かう。ホテルの部屋に入るとすぐに彼は私を襲ってきた。彼のキスやタッチがたまらなく気持ちいい。やっと会えた、私たちはお互いの体が大好きだ。何度も何度も汗だくになりながら愛し合った。
「今度またヨーロッパの出張があるんだ。君を連れていきたいな」
「嬉しい！　行きたい行きたい」
「だからそれまで我慢できる？」
「うん、できるできる」

　次の日は野球観戦！　ルールはよく分からないしどこかのチームのファンというわけでもないけれど、彼も球場の雰囲気を楽しんでくれていた。英語が飛び交い、みんなフレンドリーで日本ではないような空間。頑張ってチケットを取って良かったと思った。

　彼が帰国する26日は、フライトのギリギリまで朝から一緒に居た。
「今回も本当にありがとう。また忘れられない思い出が増えたよ」
「私のために時間を作ってくれてありがとう。NYでの生活頑張ってね」
「NYでもいつも君のことを考えているよ」

XXIX. まるでジェットコースター

　そしてまた同じように遠距離恋愛生活が始まった。毎日すれ違いのメールのやりとりだけど彼がとても忙しいことがよく分かる。私が優しく労わる返信をすると、
「君がものすごく恋しい……」
　不満を言わずに理解を示すと彼は私をとても恋しがる。男の人

は結局居心地の良いところに戻るか自分の一番の理解者のところに行きたがるという話を聞いたことがあるが、ジュードもどうもそのようだ。そんな彼が、アンソニーと定期的に会うようになった。多分ジュードはアンソニーに心を開き始めていたのだろう。その日は話がはずんで二人でワインを4本空けたと言う。私はアンソニーに言った。

「酔っ払うためにご飯行ってるんじゃないでしょ？　ちゃんと私の話をしないと！」

アンソニーがジュードと会う理由は私との仲をとりもったり、ジュードの顔をみて本音の話をしてもらうためだから。二人で酔っ払うために会うのでは全く意味がない。

私たちの遠距離恋愛は、私がどれだけ我慢できるかを試されているようなものだった。めったに会えない。メールも彼の時間に余裕がある時だけ。その上連絡用の携帯自体、彼がオフィスに居る時しか触れない。そんな状況だから私とジュードの距離を縮めるためにアンソニーの役割は重要だった。アンソニーはジュードに、私へちゃんと連絡するようにといつも言ってくれていた。それでもジュードは忘れてしまうこともある。そんな彼に私は嫌味を言う。

「ものすごく恋しいって言う割にはメール来ないね？　日本を出る時に、毎日連絡するからって言ったくせに、しかも以前は犬の散歩で外に出るたびにメールも電話もくれたのにね、私だって色々我慢してるんだよ。あなたもそうかもしれないけどね」

「分かったけど言い合いする気力もないよ。こっちは月曜日の朝の9時45分で、僕すでにクタクタなんだよ。君に我慢ばかりさせてごめんね」

私は3日も連絡しないで平気でいることができる彼が理解できなかった。週末をどんな風に過ごしているかと考えるだけでも頭がおかしくなりそうなのに。
「僕はただ限られた時間の中で様々な全てのことをやっているだけなんだよ」
忙し過ぎて精神的に余裕がないのかもしれない。でもそんな彼に腹が立って、私はわざと聞いた。
「何がそんなに大変なの？　何かあったの?!　もしかしてまた赤ちゃん作ろうとしてるの？」
「まさかそんなこと、考えたこともないよ。僕は仕事や人生のプレッシャーに押しつぶされないようにしたいだけだよ。僕は今すごくストレスを感じているんだよ」
そんなに仕事が大変で、家族のことでも忙しいのに、なぜ私との関係を続けているんだろう。私といったい何がしたいんだろう。
「離れていても僕は君にとって大切な存在でいたいな。君を悲しませてばかりでは僕も辛いよ」
NYに帰ると喧嘩ばかり。でも彼の来日が近付くと会いたい気持ちでメールの会話も弾む。いつまでこれを繰り返すのかな……。
私の気持ちはジェットコースターのようだった。

XXX. 亀裂

ジュードは東京にこの前来たばかりだけどまた日本に来ると言う。今回は火曜日の到着で土曜日には出発してしまうらしいがそれでも十分嬉しかった。
彼は以前ベッドの上で撮った動画を送ってきた。
「こんな風に君をまた近くで抱きしめたい」
「この動画大好き」
「君のせいだよ、こんなに離れているのが辛いと思うのは。どうして君はそんなにセクシーなの？」

彼が私と離れていて辛いのは好きな時にファックできないからなのか？　それとも心の底から一緒に居たいと思っているのか？

この時は私は全く深く考えなかった。素直に、彼は私を愛していて恋しがっているのだと思った。

2018年6月26日に彼が来日した。夜到着だったので、もちろん私はいつものように迎えにいった。

車を停めて彼が出てくるのを待つ。もうすぐ会える。この時間が一番好きだ。そして彼の姿が見えると車から降りて彼に駆け寄る。

「会いたかったよ」とお互い強く抱きしめ合う。ジュードはまだ日本の免許証の期限が残っていたので彼の運転でホテルまで向かった。向かっている途中ずっと手を握ったり、彼を触ったりキスしたりが止まらない。そしてホテルに着いた瞬間愛し合った。

「またこうやって君と一緒に居られて嬉しい」

次の日彼は日帰りで大阪に出張があった。

「帰りは夜9時半くらいになるよ」

私は仕事をして夜ゆっくりしてからホテルに向かうことにした。ところが部屋番号を忘れてしまい、メールをするが一向に既読にならない。やっと夜の11時半に返信がくる。

「30分以内に戻るよ、いい？　部屋番号は929」

酔っ払って帰ってきた彼は普段使っている携帯をなくしたという。彼に振り回されて散々な夜だった。

翌日の夜は彼が予約してくれたレストランに行った。海岸とレインボーブリッジやその周りを見渡せる外のテラスがとてもロマンティックだった。そこでシャンパンと美味しいディナーを楽しんだ。それが東京最終日の夜だった。

その年の夏は、夏休みに入った子供とフロリダに行くことにした。ジュードにはすでにその話をしてあったが彼からまた聞かれる。
「フロリダはいつからだっけ？」
「7月の2日だけど、どうして？」
「聞いてるだけ、その時期はフロリダには行けないよ。ごめん」
「分かってるよ、前にも言われたから」
「僕が聞いたからって君に希望を持たせたくないから。フロリダで会えたらいいんだけど、無理そう」
「期待してなかったし、心配しないで」

彼は日中オフィスにいる時しか私にメールを送れない。だから私に届くのは日本の夜。私も疲れて寝てしまい、メールを読むのが翌朝になることもある。その時点で返信しても、今度は彼がオフィスを出ている時間なので、私に返信できない。そんなすれ違いが1週間以上続くこともあった。かといっていつでも携帯を握りしめ、彼からメールが来たらすぐに返事を送って捕まえるほどの気持ちは、もう私にもなかった。

彼は長女を連れてロンドンに行くことになったと言う。日本の電話を持っていくから話そうねと彼に言われ、自由に連絡が取り合えそうで嬉しかった。

しかし実際は思い通りにはいかなかった。例えば話している最中に突然会話が途切れてしまったこともある。急に娘が部屋に入ってきたから慌てて電話を隠したんだとジュードは言っていた。そしてそのまま彼は娘と出かけたそうで、私との会話は強制終了。

当然その後喧嘩になった。

彼の事情も理解できるが、私も心のどこかで期待してしまっていたのかもしれない。私はただちゃんと話をしたかっただけ。それ以上は求めていないし求められない。

結局彼は娘と娘の友達の世話をしていたそうで、彼一人の時間はほとんどないまま、娘をサマースクールに置いてNYに戻っていった。だからもう疲れとストレスで私と話す元気もないと言われた。

膨大な量の仕事と子供たちのことで自分の時間がないと愚痴を言いたいのは分かる。でもそれは彼が選んだ人生のはず。その人生に私との関係を加えているのも彼。彼のストレスの責任は私にはないと思った。

いつも自分を正当化して開き直った言い方をする彼に怒りを感じることも多かった。私は自分の悲しさを伝えるように努力した。

「あなたと話す時は笑顔でいれたらいいのにな。だってそんな時間だってなかなか作れないのだから」

「分かるよ、でもどうしても時間が作れなかったんだよ。1日は24時間しかないんだよ」

私はその24時間の中の5分でも私のために使って欲しかったと思ったけど、もう何も言わなかった。

そんな話のあと、彼がイギリスにいるということで何気なく携帯料金をチェックしてみた。二人の連絡用に私が契約して彼に渡した日本の携帯だ。なんと料金はすでに18000円を超えていた。キャリアはイギリスの会社になっている。外国に行って携帯の電源をオンにしたら携帯がその国のキャリアを自動でサーチして、料金が発生することになる。彼は海外に頻繁に行っているのだから知っていると思っていたのに。彼が普段使っている携帯の料金は会社が全て払っているから国際電話がどれくらいかかるか分からないのだろうか。

「Wi-fiじゃなくて違うキャリアを使っているんだね、だからこんなに高い請求が表示されてるの」
「それ君前にも言ったよね」
だったらどうして気を付けてくれなかったの？
「5月に、あなたがオーストラリアにいった時ね」
「どうしたらいいの？」
「アメリカだったら日本にいるのと同じくらいになるプランで設定してあるから大丈夫。でも他の国はWi-fiだけにしてくれる？
もう18000円になってるの」
「それはクレイジーだ。分かった。これからは気をつけるよ。ごめん、君の電話めちゃくちゃにしてしまって。気付かなかったんだ」
5月に説明したのに本当に無頓着な人だなと思った。結局彼のイギリス滞在中はろくに会話もできなかったのに18000円の請求が私に来る。それでなくても私が少なくとも毎月6000円は払っているのに……。
次の瞬間彼はもう飛行機のビジネスクラスでテトリスを楽しんでいる画像を送ってきた。私は国際電話の料金の仕組みをもう一度伝えた。すると、
「分かった。僕は他の誰ともこの電話で話してないよ、もしそれが君の心配だったら……」
神経を疑った。
「いやいや全くそんな風に考えてないし」
「良かった。なぜなら僕は君を愛しているから、さくら」
「違うよ、私が言ってるのは私はまるであなたと喧嘩をするために携帯代を払っている気持ちになったの。そしてほとんど会話もしなかったでしょ、その中での携帯代だったから」

7月24日、私は夏休み中の子供と一緒にフロリダに向かった。

彼からメールが届いた。
「おはよう、今からミーティング、フロリダはどう？　楽しんでるといいけど、金曜日は風邪でオフィスに行かなかったからメールできなかったごめんね」
　私は彼の身勝手さに腹が立って、自分からはあまり連絡しなかった。フロリダでは友達や子供とも一緒だったので、返信も短い一言くらい。そうすると彼は心配になって普段はしないFaceTimeをしようと言い出した。
「10分後にオフィスに戻るから君の顔が見たい。FaceTimeできる？」
　私はジムで子供と走っていたが、時間を作って彼と話した。珍しく、とても綺麗だよと言う彼。私はあまり笑顔になれなかった……。

　そして夜になるとびっくり、こんなメールが来た。
「ねえ、今日は日本の携帯を家に持って帰ってきたからメッセージできるよ」
　どうしたんだろう急に。なんで？　と一言聞く私に
「さっきFaceTimeで話した時なんだか元気がなかったから、何か怒っているんじゃないかって心配になったんだ」
「心配しないでいいから」
「僕はいつも君のことを思っているし、君には幸せな気持ちでいて欲しいんだ。一緒に居る時もたとえ離れていても愛しているよ」
　私は無視をした。すると次の日
「どうしたの？　僕が愛していること、分かっていてね」
　それでも私は無視をした。
　自分の子供と友達といる時はいくら同じアメリカ時間でも携帯を気にしたくなかった。愛してる、一緒に居たいのは君だけだと

ずっと言われても、全然幸せじゃない。子供を亡くしてまだ5ヶ月だし、流産した時の場面がフラッシュバックのように戻ってくることがあった。そしてジュードの奥さんのFacebookの投稿。奥さんは彼と二人で写っている画像はなくても、家族写真やまだ小さな子供二人の写真をアップしたり、結婚記念日と思われる日は、ジュードとの結婚式の写真をアップしたりしていた。

私は奥さんの投稿にジュードがいいねをしているかまでチェックしていた。見なければいいのに、確かめないと気がすまない。そして見ては自分を傷付けていた気がする。彼が幸せなんだと思い込んでいた。でも私が奥さんのFacebookを見ていることをジュードは知らないと思うし、私の妄想と嫉妬によってジュードを無視したところで分かってもらえない。彼からしたらなんで無視したり冷たいの？　と不思議なんだろう。

「無視することが君の選択なんだね。先週は話したいって言ってたのに何があったの？　僕のメール、既読すらしてくれないから悲しいよ。君が話したくないなら僕はどうしたらいいか分からないよ」

その次の日に話そうとしたが結局彼の仕事の都合でできなかった。ようやくその翌日話せたが、喧嘩になった。どうしようもできないことで私は怒っていた。それを伝えても彼には何もできない。

だから仕方ないとあきらめて私が機嫌を直す。それの繰り返しだった。

XXXI. すれ違いの日々

2018年8月11日は子供と灯籠流しにいった。灯籠には亡くなった赤ちゃんへのメッセージを書いた。涙をこらえるのに必死だった。去年はジュードと一緒だった灯籠流し。その時のことを思い出して欲しくて灯籠が流れていく隅田川の写真を送った。

もう8月も終わりに近付いていた。次はいつ会えるんだろう？

「9月は忙しくて会えないのは分かったけど、じゃあ10月は？　11月は？　12月は？」
「10月に東京出張できるように計画してるよ。離れていてなかなか会えないのは僕だって辛い、一緒だよ。君だけじゃない」
「10月ってローマに行くって言ってなかった？　私だって言い合いや喧嘩をしたいわけじゃない。私はどうしたら幸せな遠距離恋愛にできるかいつもポジティブに考えているの。でもね、これは普通の恋愛の10倍難しいんだよ。でも一緒に居る時はすごく幸せでしょ」
「うん。だから一緒に居たくても居られないから、僕たちは喧嘩をしてしまうのかもしれないね。ローマの件についてはまだ確認が取れないんだ。僕が日本にいった方が君にとっても楽でしょ？　違う？」
「あなたが前回東京に来た時に私をローマに連れていきたいって言ってくれてすごく嬉しかったから聞いただけ」
彼がローマに招待してくれるのを期待していたのにがっかりだった。
「ソウルと北京でのミーティングのあと、週末を東京で過ごせるように計画しているから」
その方が私が喜ぶと思ったんだろうか。
「分かった」
「どうしたら君が喜んでくれているのか、これ以上分からないよ」
「いや、ソウルも北京も今聞いたばかりだから」

「このことだけじゃないよ、一般的に言ってるの」

私はローマの出張で会えると期待していたから東京で会った方が私にとって楽でしょ？　という言葉にカチンときたんだ。彼はローマは一緒に行けなくても週末過ごせるようにアレンジしてるからということを強調している。
「ソウルと北京も私、付いていけるの？」
「まだソウルと北京に何日ずつ滞在するか決まってないから、決まったら教える」
そこで会話は終わった。

何日かあとNY時間の8月27日早朝メールが入っていた。
「今日は父親の命日だ。大丈夫だと思ったんだけど突然悲しさに襲われて、涙が止まらないんだ。
妻や子供たちは僕の気持ちを思ってすごく良くしてくれるんだ。だけどこんなに感情が抑えられないのは自分でも初めてだよ」
奥さんや子供たちはとても良くしてくれる……どんなつもりでこんなことを私に言うんだろう。
「あなたの痛みはものすごく分かるよ。辛いよね。大きなハグとキスを送るね」

それから数日間連絡がなかったけど私も何も言わなかった。そして彼からのメール。
「ねえ、ごめんね、今週は本当に精神的に余裕がなくて何も考えられなかったんだ。体調も良くない。連絡もできなくてごめん。君が元気でやってるといいんだけど。君が恋しいよ。僕の隣で寝息を立てていた君が恋しい。愛してるよ」
何だか可哀想になった。お父様の命日で家族のみんながサポートしてくれているはずなのにこんなに苦しそうなメールを送ってくるなんて。
「ハロー。そうだね、私は元気にやってるよ。ありがとうね。私も恋しいし愛してるからね。良い週末をね」
「明日（10月6日）にローマに行ってイタリアでミーティングだよ。この日本の電話持っていくからやっと話せるよ。愛してるよ」
「良い飛行機の旅をね！」
　ローマに到着した彼は疲れた様子だったけど私は言った。
「今そっちは日曜のお昼でしょ？　観光したら？　私だったらするよ」
「違う、君はショッピングするでしょ」
「そっちに何日間いるの？　あなたが羨ましいな、世界中のいろんな国に行くチャンスがあるからね。写真たくさん撮って送ってね。そしたら私がイタリアに行く時に役立つかもしれないから！」
「分かった。金曜日までいるよ」
「いいなあ、5日間か。私も行きたかったな」
「僕はほぼミーティングルームにいるから」
「仕事で行っているのは分かるよ、でも一人の時間と一人で寝るのもたまには必要じゃない？　しかも夜だって美味しいご飯にワイン。なんかすごく有名なミシュランのレストランに行くって教えてくれたじゃん。楽しんでね！」
　私のメールが嫌味に聞こえたのかよく分からないけど一言、
「分かった。今からちょっと寝るよ、今夜同僚と食事するから」
「分かった、よく寝てね。起きた時に電話くれる？　こっちは祭日だから」
　結局電話はなくてメールも簡単なものだった。送られてきた写真も何だかブレてるしどこかから引っ張ってきたような画像。送ってきた写真はそれだけだった。

その後電話をもらった時は私が仕事中で出られなかった。夜になってFaceTimeコールがあったのに気付いて折り返したが結局彼は出なかった。私がかけ直すまでほんの5分程度だったが、彼は外に出てしまったみたいだった。結局6時間後にメールが入っていたがもちろん私は寝ていた。

こんなすれ違いが5日間続いて私はとうとう聞いてしまった。

「あなた何かあったの？」

その頃彼はもう空港に向かっていた。ヨーロッパとの時差は特に難しかった。

「もういいや……朝の5時でもね、メッセージくらい残してくれたら嬉しかったよ。良いフライトをね。あと、素晴らしい週末を！FaceTime出られなくてごめんね、5分後にかけなおしたんだけどね、遅すぎたね！」

私は嫌味を言った。

「仕事はとてもハードだったし、このヨーロッパのタイムゾーンは簡単じゃないんだよ。君が恋しいよ。そしてローマで手を繋いだりキスをしていたり、ピッタリくっ付いているカップルを見ると君と一緒に居ることを思い出すよ」

だったら私をローマに呼んでくれれば良かったのに。私は会話を変えた。

「あなたが東京にいる週末は何か計画する？　昔みたいに温泉に行けたらいいんだけど」

「うーん、今回は東京にそんなに長くは滞在しないし、ソウルと北京があるから。遠くまで運転も嫌だな……」

楽しい会話もなければ希望もない。むしゃくしゃしていた私は「もうさ、日本の携帯やめて、普段使っている携帯で私と会話しようって考えたことない？　そうしたらさ、ちゃんとルールを作ったらもっと話せるんじゃないかなって。この日本の電話でほとんど話さないし、メールくれて3分で返したらもう捕まらないとか結構ストレスなんだよね」

「ちゃんと僕たちがお互いに話せる時に話す方が問題が起きないでしょ？　じゃなかったら時差も仕事もある中でお互い間違った時間に電話し合っちゃうでしょ。そうしたらことが複雑になり始めるよ」

　結局私の意見は通らない。彼は自分がオフィスにいる時や、出張で家族から離れている時しか私と話したくないのだ。

　携帯代を払っているのは、私。それなのにまともに会話もできない。だったらあなたの普段の携帯で会話しようと提案すると無理だと言う。なんて身勝手なんだろう。私はその後メールが来ても返信せずしばらく無視をした。

　すると3日後メールが来た。

「またミーティングに戻らないといけないんだけど、今デスクに戻ったからメールを送りたかったんだ」

「で？　まだデスクにいるの？　何これ？　あんたこんなことしていて楽しいの？　で、私は次はあなたといつ話せるかって考えないといけないの？　こんなの普通じゃないよ」

　すると夜中の3時すぎにメールが入っていた

「今デスクに戻ってきた。ミーティングが立て続けに入っていたり、クライアントのオフィスにいたりすることもあるからしょうがないんだよ。だからもちろん楽しんでやってるわけではない」

　私は怒っていた。そして、

「あなた日本を去る時に言ったことと違うでしょ？　あなた、私に毎日メッセージするって言ったんだよ！　あなたはいいよね、自分の都合でそうしているだけだから。私たちはコミュニケーション不足って分かってるのにまだこんなことしてんの。コミュニケーションを取ったら私たちに何が残るの?!　私はずっと我慢していたんだよ」
「何?! 今デスクに戻った。もし話したいなら話そう。君だって仕事で電話に出られないことだってあるでしょ? そんな時だって僕は君が僕を侮辱しているとか傷付けているなんて思ってないよ」
「今メール読んでる。話せるけどあなたもうそこにいるか分からないし私は何時間もいつ連絡が来るか考えながら過ごさないといけないの! 多分私を傷付けるつもりはないかもしれないけど、関心もないんだね! そして私の質問にも答えていない。コミュニケーションを私たちから取ったら何が残るの? って質問。もし普段使っている携帯を私との連絡で使いたくなかったら、日本の携帯を持ち歩いてよ。そして家に着く前に電源切ればいいじゃん! これはあなたがオフィスにいなければ私と連絡しなくていいと思っていることがおかしいって言ってるの。あなたの都合の良い時しか話せないなんて、ありえないんだよ! そういうことの積み重ねが私を傷付けるんだよ!」
「コミュニケーションがなくてもたくさんの思い出がある。それが答えだよ」
彼はいつも言っていた。
会えなくてどんなに辛くても、私たちが作ったたくさんの忘れ難い思い出を心に秘めながら次に会える時まで頑張る。それが彼の物事の対処の仕方。とても大人だし、確かにそうやっているのが一番幸せかもしれないけど、ジュードの言っていることが綺麗ごとにしか聞こえなかった。確かに会社を変えなきゃいけなかったことや、NYに異動になったのも彼のせいではない。
でも私は彼が許せなかった。なぜなら今のジュードには思いやりも優しさもない、そして少しの努力もないからだ。
なんで私がこんな目に遭わないといけないの? 無視してなくても実際なんでこんなにすれ違いが何週間も続くのか? 会って

いない時は喧嘩ばかりだった。彼の何もかもが気に食わなかった。全て彼の思い通りになっている彼が憎い。私も子供も母も傷付けたのに、彼の家族は何にも知らない。
彼がこうやって私を苦しめるたびに、いつからか私は彼の奥さんが今までのことを全て知ったらどうなるのかな？　と想像し始めた。

XXXII. 彼が憎い

2018年10月24日、流産してまだ約7ヶ月。
私は本当に変わってしまった。あんなに愛していたジュードのことを憎いと思い始めてしまった。関係を良くするためにはもっとコミュニケーションを取るべきだと私が何度言っても結局喧嘩で終わる。
「私はただ悲しい。この状況がもう3年以上続いている。ただもう少しだけ連絡を取れたらって願っているだけなの。自由にメールをやり取りをしてたくさんの思い出を作った日々が懐かしい。毎日辛くて、食欲もないし、寝れない。ただただこの関係をどうしたら良くできるのか、少しでも良くなるように願うしかないの」
ローマも誘ってくれず、たいして高価でもない韓国行きのチケットですら、買ってあげるねと言うどころか“来たければ来れば”のような言い方。不満を言うと、“じゃあ来なくていいよ”“東京に僕が行くんだから東京で会おうよ”と言われた。私は少しでも長く彼と一緒に過ごしたいから、結局自分でチケットを手配して彼の出張に付いていくことにした。
北京は付いていくのは諦めた。それでも自分の悲しい気持ちや、こうしてくれたら嬉しかったのにというメールも送った。私の気持ちを少しでも分かって欲しかった。
「もうなんて言えばいいのか分からないよ。君は落ち着いて思いやりのあるメールを送ってきたかと思えば、昨日のように僕に酷いことを言う日もある。こんな喧嘩ばかりのやりとりにはうんざりだ。僕、毎朝君からのメッセージを見るのが怖いんだよね、今日はどんなさくらが僕にメールしてきたのだろうって」
　そして彼からのメッセージが続く、そこには、
「距離と時差があって僕たちはなかなか一緒に過ごすことはできないけれど、それなら二人で居られる時間はポジティブで価値のあるものにしたいと思うんだ。でも君はそうではなくて、この現実を受け止められずもがき苦しんでいる。そして僕に不満を言って僕を悪いと決め付けている。だから毎回話をしてもいい話し合いにならないんだよ。だから君が『僕が君を選ばないで家族やアメリカでの仕事を選んだ』って言う時、君が傷付いているのを見るのが辛いのと同時に僕はもうどうしようもないと思うんだ。僕は君と付き合い始めた頃から、自分の子供のことを最優先に考えていると話していたよね？　それに僕が日本で生活しながらアメリカの家族を養っていく選択は僕がしたくてもできない。それでも君のために2年東京に住んだよね。君はすぐに5人目の子供を持ったことについての話を持ち出す。辛いことばかり選んで考えて自分で自分を傷付けているように見える。僕にはもうどうにもできないよ」
「私はあなたの生活を変えてとは言っていない。私はどうしたら私たちが幸せになれるか話してるの。そしてあなたが日本にいてくれたことは感謝する。私たちもう3年以上付き合っているけれど、子供たちと別れてなんて言ったことはないでしょ？」
　それから彼もメールは来るものの、最後に必ず付ける“愛してるよ”も入れなくなった。

2018年11月になった。彼の東京、韓国、北京出張も間近になっていた。彼は来日が近くなるといつも優しくなり電話もしてきた。心に余裕があるのか私と会えるからなのか分からないが、その時に久しぶりに“愛してるよ”とメールに入っていた。

11月8日に彼が来日し、私は羽田空港まで迎えにいった。ジュードは私を見てすぐに強くハグをし、「会いたかった、愛してる」と言ってキスをした。彼は私がプレゼントしたカーキ色のジャケットとチェックのシャツを着てくれていた。夜到着の便だったのでそのまま彼の泊まるホテルに向かっていつもと同じように激しく愛し合った。

この瞬間と喜びのために普段は会えなくても我慢しているんだと改めて確信した。同時に、愛し合っている時にこんなに愛を感じるんだから、離れている時に喧嘩をしないようにしようと反省もした。しかしそう思い通りにいかないのが現実。だから、この5日間と韓国出張を素晴らしい時間にしたいと強く思った。

日曜日には私が先に韓国に到着し、ホテルの部屋で彼の到着を待った。ミーティングを済ませて同僚と一緒に韓国に来た彼は、皆がチェックインをすませたのを確認してから私に連絡をしてきた。

少しでも一緒にジュードといたくて韓国に付いてきてしまった私だが、よく考えてみると韓国滞在は2日だけ。次の日は彼が仕事をしている間は一人でソウルの街を歩いた。夕方近くになるとホテルに戻ってホテル内にあるバーに一人でいった。雰囲気がよく外国人も多く、皆フレンドリーで楽しかった。一人のアメリカ人にナンパをされるが丁重にお断りして部屋に戻った。

彼の仕事が終わると一緒に遅めの食事に出た。私たちはいつもテーブルは必ず隣同士でぴったりくっ付いて座って、食べさせ合いをしていた。向かい合って座ったことなんて数回くらいしかなかったかもしれない。食事をしたあとに歩きながら私が最近彼が愛してるとメールで言ってくれないとちょっとすねた。すると“I Love you”と目の前で50回くらい携帯でメッセージを送ってきた。いや、そうじゃなくて、毎日の愛してると言ってくれる一言が私をどれくらい幸せにするかを伝えた。

二人の時間はあっという間に終わり、彼は次の日早朝5時に起きて北京に向かった。私は東京に戻った。

そしてNYに帰った彼は相変わらず忙しい日々を過ごし、そのままThanksgiving holiday、そして彼の誕生日となった。そしてもう12月になった。

その頃友達が自殺をしてしまった。私はジュードと一緒に彼女の結婚式にもいった。いつも明るくて前向きな女性で、とても幸せそうだったのにどうしてなんだろう。

あとから実は彼女は夫からDVを受けていて、しかもその夫は風俗店に通い詰めていたと他の友人から聞いた。それならとても悩んでいたはずなのに、そんな様子は全く見せなかった。ショックだった。人は誰でも他人には言えない悩みや苦しみを抱えているのだろうか。

私の辛さなんて彼女に比べれば小さいものなのかもしれないとも思った。しかし実際の私は悲しくて胃痛と不眠が続いた。そんな中、「来年の1月19日から26日まで東京に行くよ」とメールが来た。

「嬉しい！　またあなたに会えるのを楽しみにしてるね。愛してる」

ある日ふと携帯料金をチェックした。するとまた彼の使っている携帯代が40000円となっている。ちょうど10日間のすれ違いでイライラしていた時だった。12月13日私は彼にメールをした。

「ところであなたの携帯代、10月、11月、40,000円の請求が来てるんだけど、あなたが日本以外の海外出張に行くたびにこんな額の携帯代払っていくのは無理だから。ごめん、でもデータ通信を解約するからこれからはWi-fiだけを使って連絡を取り合うことにしようね」

前にも言ったのにどうしてキャリアをちゃんと確認しなかったんだろう？　韓国にいた時に送ってきた50回の愛してるにいったいいくらかかかっていると思っているんだろう。何も考えずに携帯を使っているんだと思ったら腹が立って、データ通信の契約を解約した。

するとジュードは、

「分かった。でもなぜそんなに携帯料金が高くなるのか分からない。考えられるとしたらソウルと北京の時しかないな」

ローマでも使ったはずだ。それ自体忘れているんだろうか。もう彼には何度言っても無駄だと思った。Wi-fi環境でしか使えないようにしても問題はないだろう。どうせこの日本の携帯はオフィスに置きっぱなしにしているのだから。

アンソニーにも携帯料金の件を話した。アンソニーは「さくらが携帯代を払っていること自体おかしいよ。ジュードが払うべきだよ」と言ってくれた。アンソニーはジュードと食事をした時にその話もしてくれたと言う。ジュードは使いすぎた分の請求に関しては今度日本にいった時に返すと言っていたらしい。そもそもの携帯代をなんで彼女が払わないといけないのか？　とも言ったら、ジュードは「分かってる」とだけ言ってその話は終わったそうだ。

XXXIII. 必要な時間

2018年12月になった。クリスマスももうすぐだ。彼はクリスマス休暇の間は、日本の携帯はオフィスに置いておくと言った。

「もうすぐクリスマスだね、アンソニーにちょっとしたものを送ったから、年が明けたらもらってね」

「僕もクリスマスにちょっとしたものを用意したからね」

花以外の、例えばアクセサリーとか、バッグなど、身に着けるものは彼からもらったことがない。だから花だと分かっていたけどとても嬉しかった。でも待っていたのに、花束が届かない。ジュードに伝えると、

「そんなはずないよ！　いつものところで頼んだんだから！」

いつものところというお花屋さんは知っていたのでジュードには言わずに問い合わせてみた。すると。

「ああ、ジュードさんね、注文した履歴はあるんだけど、最後の購入ボタン押さなかったんだよね」とお店の人から言われた。

いつも頼んでいるところで、こんなミスをするなんて。ジュードが私に対してやることがだんだん雑になってきているのをあらためて感じた。私はもう大切に扱う価値がない存在なのだろうか。そしてそんなことにも私自身がだんだん慣れて来ていたのが悲しかった。

そして日本が2019年になる30分前にメールが届いた。

「2018年は君と、そして僕たちにとって本当に辛い年だったね」

私の妊娠と流産のことを言っているのだろうか。

「まだ君は辛いと思うけれど、少しずつ一緒に乗り越えていけると思うよ。距離や時差など僕たちの関係にはこれからも障害があるけれど、いつも君には幸せでいて欲しいと願っている。1月に

会えるのがとても待ち遠しいよ！　僕の愛を送るよ、ハグとキスも今夜、そして永遠に。君のジュードより」

私は一言、お礼のメールを送り、最後に愛してると入れた。

2019年の1月20日にジュードは来日したが2日間彼は具合を悪くしてミーティングもキャンセルし、ホテルの部屋で寝込んでいた。私は薬を買って届けた。

そして2日後の23日には体調が良くなったので、食事をして映画を観た。彼は私の仕事が終わる時間に合わせて新しくできた店を予約していてくれた。NYに住んでいるのにどうして東京の店のことにまで詳しいんだろう。こういう気が利くところは、彼の魅力でもあった。

今回の滞在もあっという間に終わった。ただ、私たちは最後の夜にまた喧嘩をしてしまった。私が夕方の4時に、今夜は何時に帰ってくるの？　と送ったメールを夜の11時になってやっと“今”と言って返してきたからだった。クライアントディナーとは知っていたが、最後の夜なのにどうして返信をしてくれなかったんだろうというそれだけだった。私は連絡さえしてくれたらそれで良かったのに。

「あなたの出張の時しか会えないのに、なんで連絡くらいもできないの？」

「今こうやってここに居るじゃん」

「いやいや、夕方4時の返信もっと早くできるでしょ？」

私は彼の出張の時しか会えない立場なんだ。彼の日本最終日に喧嘩をすることが多かったのは、また彼と離れ離れになる寂しさも原因だったのかもしれない。

第三者の意見を聞きたいと言って私はアンソニーに電話をし、間に入ってもらった。

喧嘩をしてもセックスで無理矢理仲直り。そして私は彼を空港まで送って行き、彼は家族の待つNYへと帰っていった。

「君と愛し合えて僕は幸せだ。だけど僕たちが付き合っていることで君が悲しくなったり傷付くのは嫌なんだ」

「色々なことを諦めなきゃいけないのも分かってる。でもあなたみたいな人はどこにも居ない。恋しいよジュード、今すごく切ない」

「僕も恋しいよ。分かるよ。僕たちこんなでごめんね」

切なかった。愛し合っているのに一緒に居られない。関係を隠さないといけない。そこに何が生まれるのか分からないのに愛していると言い合う。

辛い。ジュードだってクタクタになっていると言うのに、どうしてもうやめようと言ってくれないのか？　それどころか自分が悲しみの元になりたくないと言っている。不幸にも私たちの交際は悲しいものへと変わってしまった。それでも少しでも会えるかもしれないという希望と、彼が居ない人生は考えられないと思っていた。そして私に愛してると言い続けるジュード。

まるでブラックホールに入っていくような自分が苦しかった。

そんな時ロンドン出張にいった彼からメール。

「明日は恐ろしく忙しい日になる。すごいストレスだ。誰も分かってくれない。自分だけ。孤独だ。また。寝れるようにワインをホテルの部屋で飲んでいる。そして明日も早く起きて仕事だよ」

孤独と言う彼の意味が分からなかった。ワインを飲んで愚痴を言っているのかと思ったけど、私はここに居るからいつでも電話して、とメッセージを送ったが連絡はなかった。私が支えになれていない……なりたくても電話もこなかった。そこから4日間私は彼を無視して塞ぎ込んでしまった。私は頼りにされてもいない……。

「本当に、君が大丈夫だといいんだけど……愛してるよ」

「ジュード、色々と大変そうでごめんね。まずはそれぞれ自分たちのケアをして、この交際を健全で、充実していて、満ちたものにできるようになってから戻ろう。私は幸せな気持ちが欲しいだけなの。私も愛してる」

とにかく落ち着く時間が必要だった。走り続けている時は何も周りも見えないし突っ走るだけで冷静になれない。苦しかった。別れたいのではなく、時間が欲しいと思って出た言葉だった。

するとジュードは、

「分かった。君はちょっと僕たちは休憩してお互いのケアをしないといけないって言っているんだね。君がどれくらいの期間が必要なのかは分からないけど、でも僕はここに居るから。愛してるよ」

私は時間が欲しかった。時間をかけて冷静になって、もっと強くなれるまで。

それでもバレンタインデーにはアンソニーを経由してジュードにたくさんのチョコレートやクッキーなどを送った。

そこからさらに8日間経った頃、彼からFaceTimeの電話が来た。電話のあと、私はこう送った。

「時間をおいたことによってあなたがどれだけ私にとって大切か分かった。恋しかったよ。そして愛してるって今朝言わなくてごめんね。この交際が簡単ではないのは分かっているけど、できるだけあなたと居たい」

「ありがとう。確かに君は愛してるって言わなかったけど、君が僕を愛しているのは分かっているし、僕たちが愛し合っているのも分かる。それは僕にとってはこの先も変わらない。だけど僕たちは二人の関係についてもっと話し合う必要があると思うんだ。無視でもなく、お互いに悲しい思いをさせてはいけないし、僕たち自身が傷付くことも避けなければいけないから。これからも時間をかけて相談していこう」

何を話し合うのか？　話し合っても結論は一緒。愛してるから、次会うまで我慢しよう。それしかないのだ。まるで私が悩んでふさぎこむことを批判されているような気がした。

XXXIV. 寂しい夏

2019年3月、私は子供の春休みを利用してNYに行くと彼に伝えた。

「何日から何日まで来るの？」

「20日から29日」

「分かった、そうしたら20日は空いてる？　僕は子供たちと23日から27日までどこかに行く予定なんだ。そして28日はワシントンDCで29日に戻ってくるよ」

「そうしたら21日か22日に会えると思う」

すごく嬉しかった。そしてその頃彼が持っている日本の携帯のデータ通信が使えるように契約変更した。

しかし次の日メールが来る。

「本当にごめんなさい、約束していた日は会えないかもしれない。まだ確実ではないんだけど、でもドタキャンするより早めに知らせておこうと思って。家族の急な用事で、他の街まで運転していかなきゃならない。何時に戻ってこられるか、時間もまだはっきり分からないんだ」

とてもがっかりしたけれど、仕方ない。教えてくれてありがとう、大変そうだけど頑張ってと返信した。

そんなわけでNYにいったのに、彼とは会えなかった。部屋に子供もいたのでFaceTimeもできず、それでも私の誕生日に花をホテルに送ってくれるかなと期待もしたが届かなかった。虚しい気持ちを抱えて空港に向かい、日本に戻った。

4月24日、付き合って4年目の記念日を迎えた。ジュードが日本にいた頃は、記念日や誕生日にはお祝いをしたり、手作りのカードを書いて送り合っていた。誕生日には手作りのアルバムを作ってあげたが、NY異動が決まった時“君が持っていて”と渡され、日本に置いていった。今回は私がカードを作ってその写真を撮り、送った。
「完璧でない二つの欠片だけどくっつけてみると完璧にくっつく二人に乾杯。お互いに遠く離れているけど、日に日にあなたを愛している」

6月になると私は夏休みに入った子供を連れてLAにいった。子供を大学内にある寮付きのサマーキャンプに預け私はジュードの出張に合わせて日本に戻った。彼は北京の出張のあとに日本に来ることになっていた。彼が北京へ発つ日にこんなメールが届いた。
「僕の子供たちと妻が父の日のサプライズプレゼントを僕のバッグに入れようとして日本の携帯を見つけてしまった。その時はとっさに“同僚の一人がNYに携帯を忘れて北京に帰ってしまったから、今回北京の出張の時に渡すためにここに入れておいたんだ”って言うしかなかったよ。彼女は信じたかどうかは分からないけど……これからはさらに注意しないといけない、何か違う連絡方法を見つけないといけない」

困ったことが起きてしまった。

ただ奥さんは電源をオンにしてもパスコードを知らなかったので最悪の事態にはならなくてすんだ。ただ、これから北京や東京の出張からNYに帰った時にカバンをチェックされない対策を考えようと話した。しかし彼はフライト中も仕事で手いっぱいで、そんなことを考えている時間はないと言っていた。

早朝に羽田に着いた私は一度家に戻り、北京から来日するジュードを夕方迎えにいった。

7月1日にやっと会えた。

最初の3日間はとても楽しかった。4日目はジュードは相変わらず夜中になっても帰ってこなかった。そして5日目もクライアントディナーがあったけれどこの日は割と早く帰ってきた。

そしてジュードが帰国する6日目。いつもは空港で別れるけれど、今回は違う。私も一緒にNYに行くのだ。私はしばらくNYに滞在して、子供のサマーキャンプが終わる頃にLAに迎えに行って日本に帰る予定だった。ジュードと日本からNYに一緒に行くのは初めてだったので私はとても興奮していた。

彼は出張の時は必ず会社の経費でビジネスクラスだ。私はどうしても彼と隣同士で座りたくて、無理してビジネスクラスを取ってしまった。本当にバカだった。

でもとても楽しみにしていた旅だった。

私はラウンジからはしゃいでいた。飛行機に乗ってもはしゃぎは止まらず、彼とテトリスを楽しんだり、もちろんお酒もすすんでしまった。彼が寝ようとすると彼の席に無理やり入り込んだ。

しかしジュードは疲れていたのかとても機嫌が悪く、

「なんでそんなにハイなの？　ちょっと寝かせてよ」

と言った。すねた私はそのまま寝てしまった。楽しい空の旅はあっという間に過ぎ、JFKに到着した。いつもはとても長く感じるのに……。

飛行機を降りてから税関までは長蛇の列だった。優先レーンを使える彼は、私をあとに一言言ってさっさと行ってしまった。

「月曜日に会おうね、それまで日本の携帯持っていてくれる？」

私は彼の日本の携帯を預かり、月曜日に会う約束をした。

次の日は朝からカップケーキレッスンを受け、そこでもお友達を作った。楽しい！　またNYに住みたいと思いながらレッスンのあと、一度大量のカップケーキを置きに部屋に戻ると、サマーキャンプのスタッフから連絡が入った。子供の具合が悪いということだった、胸が苦しいと言っているという。本人はなんとか最後までキャンプに残りたいと言っているらしいが、スタッフも、もちろん私も心配だったので、すぐにLAへと向かった。もうNYには戻ってくるつもりはなかったので残念だったが彼にはその事情をメールし、カップケーキと一緒に携帯を袋に入れてホテルのフロントに預けてNYをあとにした。

LAに着いてすぐに子供を迎えに行き、ホテルに連れて帰った。次の日病院に連れていって検査などをすませたが特に異常はなく、ほっとした。

誰も悪くないけれど、ビジネスクラスでNYまで行って、彼に会えずにすぐにLAまで飛んで日本に帰ってきた。本当だったらジュードと楽しめたはずの時間もなくなってしまった。

7月も半ばになっていた……私の夏休みはこんな形で終わってしまった。

XXXV. 別れ

9月にはジュードは大きな出張があると言った。シドニーから始まり、香港、シンガポール、ソウルそしてNYに戻る約17日間の出張。私はなるべく全部の出張に付いていきたいと思った。もちろんチケットは自腹なので、金額を調べた。すると想像以上に高価で、そんなに長く仕事を休むのも厳しい。そこでシンガポールとソウルだけでも行きたいと伝えた。すると彼はシンガポールでは週末友達とF1観戦をするから、私が来ても一緒には過ごせないと遠回しに言う。先に韓国に行って待っていて欲しそうな口ぶりだ。彼はF1が大好きで、鈴鹿にも友達と行っていたのを知っている。私に最初からF1の話をすると、一緒に行きたいと言うと思ったのだろうか。友達と行きたいならそう言えばいいのにどうしてこんな回りくどい言い方するんだろう。私は急にシンガポールに行く気がなくなった。

それと同時に私はいったい何をやっているんだろうという気持ちが湧いてきた。子育て、仕事、彼に会うために作る時間とかかるお金。もちろん、会いに来てと頼まれていない、私が会いたいから行っているのだけど。彼が日本に来るのだけを待っていればお金はかからないが、彼が出張で色々な国に行くなら、そこで一緒に過ごしたいと考えていた。でもお金だってそういつまでも続くわけでもないし、お金が減れば減るほど不安になってきた。

“私たちはこの先こんな付き合いしかできないのか？”

出張費は全て会社が払ってくれる彼には私の気持ちが分かっているのだろうか？

「私たちの交際はお金がかかるんだもん。私この先あとどれくらいこんなことできるか分からないよ。すごく惨めな気分だよ」

「なんで君が惨めなのか僕には理解できないよ。NYに飛んだから？　そしてその後LAにすぐに戻らなきゃいけなくて一緒に時間を過ごせなかったから？　なぜならそのためにお金を無駄にしたから？」
「それらの積み重ねが私を惨めな気持ちにさせた」
「でも君はLAに行かないといけなかった。緊急だったから、それを惨めなんて思う必要はないよ」
　彼は全く分からないふりをしているのか？　どうしたら分かってくれるのか？　私は言った。
「私は全てのエネルギーを、私のものではない人のために注いでるの。そして私はまだその愛する人に尽くそうと努力している。私は馬鹿だ」
「それが君が感じていること？」
「私たちが一緒にいなくても愛を感じられればいいのにな。だってそっちの時間の方が、一緒に居る時間より、断然に長いから」
「そうだね。僕たちの離れてる時間はすごく長い。そして君は色々と疑い始め、疑問に思ってマイナスな気持ちになっている」
　疲れた。もう限界だと思った。

　ショーンというアメリカ人と出会う。食事にいったり、飲みにいったりしているうちに彼が私に好意を示してきたので私はジュードの話をした。するとショーンは、
「僕だったら君に絶対に悲しい思いはさせない」
　ショーンはジュードとは全く違うタイプだった。クマのようなルックスで、ジュードのようにハンサムではない。でも私の話をたくさん聞いてくれて、心を癒やしてくれる人だった。そんなショーンと頻繁に会うようになった。
　そんな時間を過ごしているうちにジュードのことがあまり気にならなくなってきた。気にならなくなるどころか、優しくできる

ようになった。すると彼は逆に気にかけて来て私や子供は元気にしているか、お盆は何をしているのかなど聞いてきた。私の精神状態は落ち着いていて、淡々と彼とコミュニケーションすることができた。

今楽しいことが目の前にあるのでジュードのことをあまり気にかけなくなった私は、9月の出張も最後の韓国だけにしようと決意した。韓国だけだったらチケットも安いし、日数的にも無理なく行ける。私はそのことを彼に伝えた。彼は何の疑いもなく分かったという感じだった。それどころか全ての出張が終わったら東京経由でNYに帰ると言ってきた。

「23日の月曜の朝にソウルに着くけど、君は何時に来る？　あと、帰りのフライトは東京経由だよ！　28日の土曜の夜にキンポを出るから一緒に空港にいこう。で、友達が次の日の日曜日にラグビーのワールドカップに招待してくれたから飛行機も変更できるか今調べてる。もし変更できたら、多分友達と一緒に過ごしてると思うんだけど、君ともどうにかして一緒に過ごせるようにするから」

彼は私が冷たくするとこうやって追ってきた。こんなに頑張ってメールしてくれてる彼に対して私は、

「友達が招待してくれるなんて、良かったね！　きっと楽しめるよ！　ラグビーめちゃ盛り上がってるからね」

すると、大丈夫？　と一言来たので、もちろん、良い1日を過ごしてね。と、あっさり伝えた。何か他の楽しみと心の余裕ができた私は彼にこんな態度を繰り返していた。するとある日、

「しばらく君と話してないけど、大丈夫？　元気にやってるといいんだけど」

「私？　いつもと同じだけど？　大丈夫だよ、元気にやってるから心配しないで」

文句を言わない私が物足りないのか？　何かいつもと違うと感じたのか？

そんな穏やかなメッセージをやりとりしながら9月に入り、彼の長い出張が始まった。まずオーストラリアからだった。出張と言えば携帯代。大丈夫だろうと思っていたが、彼が到着して2日目に恐る恐る電話料金をチェックした。するとまた追加料金が加算されていた。2日で2万円を超えていた。このまま加算されたら本当に困るのですぐにメールをした。

「今気付いたんだけど、携帯代がまた加算されている。あなた、私にメッセージもしてないのに……とりあえず、お願いだからエアプレンモードにしてこの料金払ってね」

過去に3回くらい同じことをして今回は4回目だった。どうして分かってくれないんだろう？　そして"返すから"という携帯代も今までに返してもらったことがない。私は悲しくなった。すると彼は、

「なんでそうなったか分からない。インターネットでの検索機能しかしていないし、オーストラリアではホテルのWi-fiを使っているんだよ」

他の国で携帯の電源入れたら、自動的に料金が発生するのだと何度も言ったのに、なぜ覚えてくれないんだろう。焦った彼は電源を切ると言ったが、私はエアプレンモードにしてと言った。そしてオーストラリアから香港に移動した彼は、

「心配しないで。現金あげるから」

とメールしてきた。無性に腹が立ったから私は無視した。

「これ初めてじゃないでしょ？　少なく見積もっても4回目だよ」

「分かった。そうしたらもうキャリアは使わないでずっとWi-fiでやるよ。それに君は携帯のこと以上に何かに怒ってるみたいだけど」

もう私は限界だった。どうして私がこんな扱いをされるんだろう。それでまたWi-fiだけで連絡になったらWi-fiがなくて、連絡しなきゃいけない時どうするつもりなのか？　どうしてそんな場合のことも考えないで言うのか？

もうダメかもしれない……私はアンソニーやシカゴの親友、香港の親友にも全てこの話をした。香港の親友はもう別れて携帯代と慰謝料をもらった方がいいとと強く勧めてきた。

お金だけの問題ではない。何度も同じことをするのは、私のことがどうでもいいから？　悲しさと怒りが溢れた。ここまで頑張ってきたけど、もう許せなかった。

「もう携帯を使わないでお金全部返して」

これからが私たちの別れの始まりとなった。

私は過去の5年間の携帯代と慰謝料も含めて125万円を請求し、この交際を終わらせたいとメールした。もちろんとても驚いた彼は絶句した挙句、こう言った。

「6日後に会う約束してるのに顔も見ないで話もしないでこんなメール送ってるの?!　せめて話をしてくれない？」

「先に携帯代を払ったら話すよ。もうクタクタ。私の精神衛生上本当に悪いよ」

もう彼と電話もしたくなかった。こうやってメールで終わらせた方がいいんだ。私は自分に言い聞かせた。

するとアンソニーからジュードと話したと連絡が来た。アンソニーには余計に出た携帯代を払うと言ったようだ。そして携帯は2年しか持ってないと言ったようなので私はさらに怒りが爆発し、ジュードにメールをした。

「あなたの奥さんに私たちのことがバレそうになった時この携帯

を買ったんだよ。2015年の10月だった。私はこの携帯を買うことによってあなたを守ったの。それを考えたら125万円なんて安い方でしょ。

もう私十分だから。私この交際のためにどれだけ努力を注いだか。その努力が報われなくてもね。そしてたくさん犠牲も払ったよ、でもね、最終的には私は惨めでバカだと感じるの。

そして一番に言いたいのは、あなたは私にたくさん嘘を付いた。私が流産する前、あなたは私とあなたの愛にフォーカスしたいと言ったけど現にフォーカスするための努力なんてしてくれなかった。実際私が流産した時もあなたは居てくれなかったしね。

あなた言ったよね、この2年から3年の間で奥さんがまた浮気をすると思うから、そうしたらあなたは親権を取って奥さんと離婚し、私と居るって。でも私あなたを信用するのはやめたの。

そしてあなたは私を愛する人として扱っていないのが明確なの。私にはもっと本当に私のことを愛して気にかけてくれる人がふさわしい。だから私は本当に前に進みたい」

「もしこれが君が本当に感じてることだったら僕たちは話し合うべきだ。君、僕と話すつもり？　ソウルに来るの？　もしくはここでメールのやりとりだけ？」

「なんでメールではだめなの？」

「だってこんな大事な話は会って話すべきだと思うから。なぜ僕がこんな仕打ちにあうのか理解できないよ」

「もう会って話すことはないわ。とにかく携帯代を払って」

「話す必要がないだって?!」

「ないよ。あなたは本当に私の心を破壊したの」

「きちんと話さないで終わりなんておかしいよ。僕には理解できない。君の“友人たち”は何か君に間違ったことを勧めてるのかもしれないから、なおさら話した方がいい」

「何？　私の友達誰一人も私に何かさせようとなんてしてないよ。彼らは私に色々なことを気付かせてくれたの」
「分かった、なぜなら彼らは僕のことを知ってるから？　彼らは“僕たち”のことを知ってるから？」
「私は話したくない、なぜならもう話す必要がないから。もう終わり、そしてこの交際はどちらにしろどうにもならなかったし」
「終わり？」
「私の友達はあなたのことよく知ってるよ。どれだけ自分勝手かってこともね」
「じゃあ君はもう僕とは話さないんだね、会うこともしないつもり？」
「まずは携帯代払って。そしてあなたは私に感謝すべきだよ、だって私のおかげであなたはモンスターワイフに隠れて浮気できたんだから」
「今ここで起こっていることがよく理解できない。で、君が話し合いもしてくれないならどうしたらいいの？　せめて僕が東京にいる時に会って欲しい」
「あなた本当に携帯代払いたくないんだね」
「携帯代の問題じゃないよ、僕たちの問題だよ。携帯を使った分は払うから。このまま話し合いもしないで別れるのは嫌だよ。僕は君に会って君の口から聞きたい」
「まだ私の口座情報持ってる？」
「君が言いたいのは、携帯代を払えということだけなの？　僕たちのことの関係についてはどうでもいいの？」
　私は無視をした。すると次の日の朝ジュードからメールが来た。
「僕は君と会って話したい。アンソニーから君は体調が悪いから病院に行くと聞いたよ。大丈夫だといいんだけど……お願いだからどうだったから知らせてね。あと、韓国には来ないと聞いたから僕が東京にいる時に会えるといいな。東京に早く到着する飛行機に変更するつもりだから」

　別れると言ったらこうやって必死に追いかけてくるなら、どうして私が惨めな気持ちになっても放っておいたのか？　こうやって今私を追う意味があるのか？　今までの積もり積もったストレスが携帯代という小さな理由をきっかけに爆発してしまった。

　全く会わないで別れてもいいと思ったのは、会ってしまったら心が動いてしまうかもしれなかったからだ。

　確かに5年間今までこうやってきたけど、幸せな交際は最初の2年だけで、あとは傷付くことばかりだったから、こうやって別れた方がいいんじゃないかと思った。

　しかしジュードがあまりにも会って話したいと言うので、私は最後に会って話すことにした。ジュードは、

「時間を作ってくれるなら、何時でもいいよ。朝食？　ランチ？

　もしくはコーヒーでも飲みながら公園かどこかで座りながら話す？　僕はただ君と過ごして君の言うことを聞いて話したい。喧嘩じゃなく。落ち着いて話したい。新宿の公園はどう？　朝食かコーヒー？　その後ランチでも？」

　別れだからランチなんて考えなかった。

　9月28日、ジュードからメールが入った。

「今晩ソウルを出るから。もうすぐ空港に向かうよ。明日会うの楽しみにしてるからね、さくら」

　私たちは新宿の大きな公園で会った。彼は少しやつれた顔をしていた。私たちは少し歩いて公園の中に入っていった。私はあまり歩きたくないと言って早めに近くのベンチに座った。今でも鮮明に覚えているがその時ジュードは私がプレゼントしたブルーの

ポロシャツを着ていた。私はうつむきながら、そして少し涙ぐみながら話し始めた。
「もう疲れたよ、私。今まで色々あってこうやって乗り越えてきたかもしれないけど、もうこの未来のない付き合いは苦しいだけなんだよ。それでいてお金もかかるし。こんなことやる意味あるのかな？」
「君を幸せにできなくてごめん」
彼は私が言うことに対してこれしか言えなかった。私はそのまま電話料金の話を始めた。
「電話代は125万円返して欲しい」
「5年間の電話代そんなにかかってないでしょ？　どうしてそんな金額なの？」
彼は年間携帯代の平均を検索しながら言う。
嘘でしょ？　私が125万って言っているのに最後くらいかっこよく“君の言う通りでいいよ”って払ってよと思った。もちろんそんな検索をしても結果的には何も出てこなくて、結局60万くらいじゃないかと言う。一流弁護士がこんな時にまで交渉してくるのか？　と少し彼が哀れに思えた。面倒だと思った私はもうそれでいいよと言った。すると彼は韓国から来たので手持ちのウォンを出してきた。
「これで10万くらいあるからまずはこれを返すよ」
換金も面倒だしとりあえず振り込みをして欲しいと伝えた。
1時間も一緒に居なかったがそのまま出口まで手を繋ぎながら歩いた。途中でなんだかすごく悲しくなり、芝生の上で泣きながら座り込んでしまった。これで全て終わってしまう……彼は私を起こしあげ、ハグをした。その時に彼のポロシャツに私の口紅が付いてしまったので申し訳ないと言いながら体を離した。そんな時も私は最後の大事なハグよりも彼のポロシャツに付いてしまった口紅を心配していた。
　出口を出て大通りに向かってタクシーを拾おうとした。その時に彼が、
「本当にこれでいいの？　僕たちなんとかならない？　もう少し話したい。君の家に行けない？　子供は家にいるの？」
「子供家にいるし、来ないで。もう私は精神的に無理なんだよ」
　そして私がタクシーに乗ろうとした時に彼がキスをしようとしたので顔をそむけた。すると彼は私の額にキスをした。そしてそのまま私はタクシーに乗り込んだ。
　終わった……ジュードからの連絡はなかった。そのまま友人たちとラグビー観戦を楽しんだんだろう。

　よく考えてみると彼の5人目の娘の誕生日と、私たちが別れた日が同じだった。あとから分かったことだがなんとも皮肉な偶然だった。

　私はアンソニーに連絡をした。なんだか寂しいと。すると彼はジュードに会いたいと言われたらしく、ランチをすると言っていた。私のことをなんて言っているか探ってもらった。それはまだ別れてから1週間くらいのことだった。
　アンソニーはジュードにどうして今まで携帯代を払ってこなかったのか、そしてちゃんと携帯代を返すように伝えたらしい。すると、彼は奥さんとのジョイントアカウントだから一度に60万を下ろすと何に使うのかと聞かれるので友達にお金を借りて私に返すと話していたらしい。一流事務所勤務の弁護士がたった60万のお金も自由にならないのか？　と彼が可哀想に思えてきた。そして、

「彼女がいない人生なんて考えられない。でもこれを受け止めて、いつか落ち着いたら友達になりたいと思っている」

と言っていたらしい。悲しかった。4年間一緒に居た彼と、たとえ遠距離で年に数回しか会えなかった彼と、もう全く会えなくなってしまうんだ。あの綺麗な顔、綺麗な体に触れることもできなくなるんだと考え始めると共にさらに悲しくなった。しかし私からあんな形で彼をふってしまったのでどうしていいか分からない……。

何かジュードと話すきっかけを探さないと、と思った。周りは、さくらの決断は正しい、これは将来がない恋愛だったからと言う。

分かっている、でも二人にしか分からないこともある。

別れてまだ10日ほどしか経っていなかったが、私は彼にメールをした。

「ジュード、今ね、携帯のリセットをしようとしてるんだけど、パスワード教えてくれる？」

「○○だよ。君、元気にしてると良いんだけど。あとお願い、銀行の口座情報も教えてね、振り込みするから」

私はパスワードも教えてくれてありがとうと返信し、元気にしてるの？　と聞いたが、もう返事はなかった。私はそれから5日後またメールを送った。

「少し話したいんだけどどうしたらいいかな……スカイプかなんかで話せないかな？」

「分かった。予定立てるよ。スカイプのアドレス教えて。木曜日の夜10：45はどう？」

話す機会ができて少し嬉しかった。もしかしたら良い話ができるかもしれない……。

話したのはその2日後だった。メールでは落ち着いていたが、彼は怒った顔をしていた。私はゆっくりと話を始めた。
「あの時はごめん。私すごく怒っていて……仲直りしたいんだ」
すると彼は青ざめてた顔でこう言った。
「何言ってんの?! 君から別れたいと言ったんだよ！ それなのに何？ 僕はあの時すごく傷付いたのに！ 僕の気持ちをもてあそばないでくれよ！」
私から別れたのは本当にその通りだ。ただ彼がやっぱり恋しくなっただけ。でも私は、
「そうだよね。分かった。ごめんね。あなたが恋しくて連絡してしまったの。でも確かにあなたの言う通り、私から別れたわけだし、そんなの調子良いよね」
すると彼は言った。
「君を愛しているし気にもかけている。ただ、君から別れたんだから……」
しかし次の瞬間彼は、
「1月に東京に行くから、会って話そう。でも君、先月タクシーに乗る際に僕がキスをしようとしたら、顔をそらしたよね。キスもしてくれなかった。どうやって会うの？ 喫茶店で話すの？」
「分からない。でも1月まで元気でいてね。愛しているし恋しいから」
「僕だって愛しているから、さくら。外から電話してるんでしょ？もう寒いだろうから家に入って」
そして電話を切った。これから1月の彼の来日までどうやって過ごそう……でももう何も言えることはなかった。

私は次の日彼にメールをした。読むか読まないかは分からないけど、

「ジュード、私ね、“仲直り”の意味を考えていたの。私にとっての仲直りは相手を許して思いやりの気持ちを持つこと。もう電話代の件についてはいいの。お金も受け取るつもりはないから。私この前の電話で言ったけど、これはお金の問題ではないから。私はあなたと別れた時、とても怒っていて傷付いていた、でも昨日スカイプで話した時に言ったようにもうだいぶ落ち着いているから。でもね、別れる決心をしたのは私だし、むしろあなたに会わないでメールで終わらせようともした。それによって私もあなたを傷付けたから。ごめんなさい」

ジュードのからの返信はなかった。

XXXVI. 復縁の糸口

それからの毎日は私も仕事に没頭し、夜は動画クリエイターのスクールに通ったり、昔の友達にも会った。毎日予定を入れて忙しくすることで、彼のことを考えないですむようにしたのだ。

私がしなければいけないのは、とにかく1月の会える日まで連絡を取らずにいることだった。

9月の終わりに別れて1ヶ月以上も全く連絡を取らなかったのはこの4年間の中で初めてのことだった。私は奥さんのFacebookを頻繁にチェックしていた。もしかしたら彼がどうしているか分かるかもしれない……。

彼は元気そうにしていた。彼がハロウィンのコスチュームを着て登場している動画がライブ中継されていた。ライブ中継されていることを最初彼は知らないようだったが、途中で奥さんに教えられて少し驚きながら笑っている。元気にしていた。むしろ、もしかしたら私と別れたから奥さんのところに戻って仲良くし始めたようにも感じた。もう私のことは吹っ切れてしまったのかな……。

その後はThanksgivingの投稿だった。彼のお母さんがイギリスから来て、日本食レストランで家族で食事をしている投稿だった。なぜか食べ終わったあとのお皿がのっているテーブルと彼のグラスを持つ手しか映ってなかったが、楽しんだ様子が文章から伝わった。

そしてその次の日の写真で私は何かを感じた。彼の誕生日はもちろん覚えていたので恐る恐る奥さんの投稿をチェックした。すると、今までには見たことがない投稿だった。どうやら彼の誕生日に二人でコンサートにいったらしい。そして家で一番下の娘はケーキを楽しんだとケーキを食べている写真。テーブルはハイネケンのボトルが2本あった。二人で飲んだのかな。奥さん、お酒全く飲まないって言ってたのに。そして彼一人の写真、ワイングラスも写っていた。

明らかに仲は良さそうだった。2015年から2018年の間でこんな投稿はなかったのに……。

奥さんが嫌で私と付き合っていたのに、私と別れたから奥さんのところに戻ったのだろうか。寂しいけど色々と考えてしまった。

私はおめでとうのメールは送らなかった。でも何かしたい……。

私はアンソニーに連絡をしてある提案をした。

「この前ジュード誕生日だったんだよね。私どこかレストラン予約するから二人で食事してお祝いして来てよ」

「素晴らしいアイディアだよ、きっとジュード喜ぶよ」

私は色々とリサーチした。NYCは美味しいレストランがたくさんある。気に入ったお店2軒はすでに予約がいっぱいだった。そこでもう1軒良さそうなところがあったので直接連絡をし、私のクレジットカードで決済する手配をして、バースデーのデザートプレートとメッセージを用意するように伝えた。そしてアンソニーにはジュードに久しぶりに食事をしようと誘ってもらった。

食事はとても美味しく、良い話ができたとアンソニーから報告があった。私のことなんて言ってた？　と聞いたら、さくらのことをとても恋しがっているしもちろんまだ愛していると言っていたと言う。ただ今までのような辛い関係になるのではなく、何か新しい関係を築いて、お互いに前向きな気持ちで付き合っていけたらいいなと言っていたらしい。ジュードはいつも私には幸せでいて欲しいと言っていたが、この日もそう言っていたと聞いた。

そしてデザートプレートとメッセージを見てその時初めてこのディナーは私が企画したものだとジュードは気付いた。とても驚いて喜んでいたそうだった。

「さくらにメールしたい！」

ととても喜んでくれたジュードから早速メールが来た。

「ありがとう！　君がこの角の席を選んだのか分からないけど、“さくらだったらこの席に座りたいと言うだろうな”って自然に思ったんだ。1月のフライトのスケジュールが分かったら教えるからね。20日の週だよ。6週間後にね」

喜んでくれて良かった。彼は怒っていなかったし、私の友達のアンソニーと会って私の話をしたぐらいだからもしかしたら元に戻れるかもしれない。

その後日本の元旦にHappy new yearのメールも来た。一言だけだけど、とても嬉しかった。

そして2020年の1月に彼が来日した。本当は到着した次の日の月曜日に会う予定だったが彼のクライアントディナーの都合で水曜日となった。私は彼と出会って待つことにとても慣れた気がする。会えるという現実を楽しみに待ったことは今までたくさんあったので、今回も長かったがやっと会える日が来た。

待ち合わせ場所はイタリアンレストランだった。彼に会った時の嬉しさは言葉にならない。会ってすぐにハグをし、キスをした。チュッと軽くだけど周りから見れば私たちはごく普通のカップルだったと思う……。

私たちはお酒も食事も楽しんだ。私はジュードにまた会えたことで胸がいっぱいで食事もそこまで食べられなかった。それでもワインは楽しんだ。

食事も終わりになると私たちはお互いに“とても会いたかったし恋しかった”と言い合った。そして手を握りながら当たり前のように食事のあとは彼が泊まるホテルに向かった。時差ぼけで疲れていた彼と、酔った私は裸になったが寝てしまった。それでも夜中にお互いに目が覚めて久しぶりに激しく愛し合った。

また元に戻れる気がした。嬉しかった。仕事に行く支度を始める彼にまたすぐに会おうね、と告げてホテルをあとにした。

嬉しかった私は、ジュードと私の大好きな韓国料理屋のオーナーに連絡をした。実はこのオーナーには色々と彼の話も聞いてもらっていたので今回彼が東京に来ているなら一緒にお店に来れば？と言ってくれた。私は彼にすぐ連絡した。

「あのレストランのオーナーに連絡したらあなたに会いたがってるよ！　一緒に行かない？」

すると、数時間後に返信が来た。

「ちょっと時間が作れそうにないな。今夜も明日もクライアントディナーが入ってるから。今日も今からセミナーをやらなきゃいけない。明日もそんな感じ」

忙しそうだった。

「了解、じゃあ今回は会いに行くのやめよう。終わりそうな時間分かったら教えてね。ホテルに向かうから」

今夜は難しいと言っていたのであまり期待はしなかったがやっぱり連絡はなかった。私は水曜日の夜は素晴らしい時間だったけど飲みすぎてちゃんと話せなかったから話したいので時間を作ってくれるかな？　と丁寧なメールを送った。すると次の日、昨夜はホテルに戻り次第寝てしまったと。そして今夜クライアントディナーのあと、うちの近くにある静かなバーできちんと会って話そうと言われた。ディナーが終わったらメールをくれると言った。

嬉しかった。良い日をねと伝えてメールを返信し、私も仕事に行き、夜は彼のディナーが終わるのを待った。

何時になるかな、大体9時くらいかなと思いながら待つこともう時間は10時半になっていた。

私はホテルに向かうというメールを残しホテルのロビーで彼を待つことにした。私は待ちながらアンソニーに電話をした。

「今日ジュードのクライアントディナーのあとに会うんだけど、もう夜の11時。こんな夜中から話ができるのかな？　ジュードは明日の朝に帰国なんだけど」

「なぜそんなに君を待たせるの？　もう夜中なのにどうやって大事な話をするって言うの？」

アンソニーも私と同じ考えだった。そしてアンソニーがジュードに連絡をしてくれたのだが、彼は電話に出なかったという。もう夜中の12時になるところだった。

なんだろう、せっかくバーに行って落ち着いて話ができると思ったのに……彼はちゃんと連絡してくれるのか？　ちゃんと会えるのか？

どうして私がこんなに待たないといけないの？

そして夜中の12時23分。

「たった今メールを見た。もうすぐクライアントとの飲みが終わるから。まだホテルにいる？」
　呆れた。ディナーが終わってそのまま飲みになるならそう言ってくれればいいのに。今日は遅くなるからって……。どうしてこうやっていつもいつも私を振り回すの？？

　結局彼がホテルに戻ってきたのは夜中の1時だった。ロビーにいた私はすごく寒くて寒くて、体の芯まで冷えていた。二人で部屋に入るが私は何を言っていいか分からない。黙っている私に彼が言った。
「ホテルで待ってるなんて変だよ、僕頼んでないから」
　絶句だった。私は言った。
「こんな遅くなるなら、そう言ってくれたら良かったでしょ？　アンソニーだって電話したのにどうして出ないの？」
　すると彼が言った。
「さくら、僕たちもう付き合ってないんだよ」
「だったらあの水曜日のことは何だったの?!」
「水曜日に素晴らしい時間を過ごしたからって僕たち元に戻ったわけじゃないから」
　私はショックで、そのまま無言になってしまったが、そのあと喧嘩になりアンソニーに電話して間に入ってもらった。
　アンソニーはちゃんと連絡しないジュードが悪いと言った。これは常識だって。友達にだってすることでしょ？　どうしてそうやって彼女をほったらかしにするのか？　と。こんな遅くまで待たせて、しかも話そうという約束もしてるのに、普通心配するでしょと。
　ジュードはなかなか謝ることをしない人だ。謝って自分の非を認めたら責められ続けるのを恐れているのか？　アンソニーも仕事の最中だったしあまり話せず、

「ちゃんと二人で話し合ってよ！」

と言われた。もう夜中の2時をすぎていた。

私たちは仲直りもせず、そのまま同じベッドで横になったまま、二人共寝てしまった。

3時間後くらいに目が覚めた私たちは抱き合っていた。彼の体はとても熱かった。なぜか私たちは惹かれるように愛し合い、終わると彼はすぐに支度をし、私が送ると言うのを断り、そのままタクシーで羽田へと向かった。

今回の滞在はちゃんと話し合えず、むしろ喧嘩で終わった。

NYに着いたジュードからこんなメールが入っていた

「こんな風に週末が終わってごめんなさい。ちゃんと話せなくてすごく悲しい気持ちだよ。お互いにもっとよく考えてから今度話そう。3月31日に東京に行くから」

どうして“僕が遅かったから話せなくてごめんね”って言えないのだろう。こんな風に喧嘩してしまってごめんって。ジュードが早く帰ってくれれば喧嘩になんてならなかったのに。

でも私は彼と元に戻りたかったから、思っていることは言えなかった。

「あなたとまた会えて一緒に時間を過ごせてすごく嬉しかったよ。昨夜のことは本当にごめんなさい。もしかしたらあなたに会えないかもしれないと心配し始めてしまったの。でもね、喧嘩してしまったけどあなたと一緒に居られて幸せだった。時間を作ってくれてありがとうね。さくらより」

それに対しての返信はなかった。それから1週間は私からは連絡しなかった。

バレンタインの次の日に私は彼にメールした。彼が昔この曲を聴きながら私のことを考えているといって送ってくれた曲を聴きながら……。
「あなたが恋しい。今一緒に居て話せたらいいのにな。そしてまた、どうして私たち、別れてしまったのかずっと考えている。あなたも考えてる？　多分私たち話し合うべきだと思うんだ。もしスカイプで話すことができたらいいなって思うんだけど」
　すると3日後に返信がきた。そこには、
「今僕は働き過ぎと抱えきれないストレスで疲れ切っているんだ。もうすぐシカゴへの出張もあるしその準備もしなければいけない。そして君の提案になんて言っていいか分からない。僕は今、“どうして君が僕と別れたのか”ということを考えられるほどの余裕がないんだ。いつかは君と会って話したいと思うけれど、今は無理だしそんな気分でもない。もしこれが君が聞きたかった答えじゃなかったらごめんなさい。でもこれが正直な気持ちだから」

XXXVII. 孤独

　そこから私は3月まで彼と距離をおいて過ごした。彼と別れてからかれこれ5ヶ月。その間1月に再会した。昔のように愛し合ったと私は思ったけれど彼は違ったのだろうか。そして帰国前日の夜中に喧嘩をした。その間のメールのやり取りは2回くらい。
　私はどうしたらいいか分からずアンソニーに連絡をした。ジュードは3月の31日に日本に来ると言うが、それまでにある程度話をまとめておきたいと思った。アンソニーも、もちろんその通りだよと言ってくれた。そしてジュードに私と話し合うように勧めてくれた。
　すると彼からすぐメールがあった。
「アンソニーから君が僕と話したいって聞いたけどいつが良い？」

「明日のあなたの昼の時間かな」

私たちは久しぶりに会話をした。時は2020年3月4日、世界中にコロナが蔓延する直前の時だった。

私は彼に元気？　と何気ない会話から始めた。彼はなんだかすごく悲しそうな顔をしていたので私も何を話していいか分からず、

「東京ではみんながコロナコロナ言ってるよ。すごく心配。NYではどう？」

すると彼は言った。

「こっちは大丈夫、僕のことは全く心配しないでいいから。昨日何食べたとかコロナ大丈夫？　なんて会話するつもりないから」

彼が忙しかったのであまり話はできず、私はまた話したいからと言って電話を切った。そこで私はアンソニーにジュードと連絡を取り合ってくれるよう頼んだ。全てのやりとりは私が内容も考えていたのでその通りにアンソニーの言葉にアレンジして送ってもらい、会話のスクショを送ってもらった。その頃はまだ日本行きの飛行機もストップしてなかったし、日本からNY行きの飛行機も運航していた。

ジュードに会いに行きたい……できればアンソニーも含めて3人で会えたら良いな……。もしくは私が到着する前に二人で会って、私とのことを前向きに考えるようにアンソニーからジュードに言ってもらいたい。私は春休みを利用して21日のNY行きのチケットを発券した。

アンソニーはフライトアテンダントなのでコロナの影響は直で感じていた時期だった。3月7日には彼の働く航空会社は雇用をストップし、30％のフライトをカットしたという情報が入ってきた。そして同時にイタリアがコロナで大変なことになっていた。

もしかしたらNYに行けないかもしれない。そのことをアンソニーからジュードに伝えてもらった。そして私と連絡取り合うよう勧めてもらった。会社は大丈夫なのか、自宅待機の指示は出ていないのかも聞いてもらったが、まだ大丈夫だと言う。その上4月の最初の週に日本に来る予定らしい。

それでアンソニーが、じゃあ彼女と会えるのが楽しみだねと言うと、ジュードはまだそんな気持ちにはなれないんだと言っていたらしい。

アンソニーは驚いて、ジュードにいろんなことを言ってくれた。
「1月の喧嘩は悲しい出来事だったけれど、彼女は謝ったんだよね？　だからもう仲直りできていると思っていたのに。確かに遠距離だからコミュニケーションを取るのが大変なのは分かる。だから僕は君たちがもっと話せる機会があると良いなといつも願っているんだよ、そうしたらきっと上手くいくから。でもジュード、一つの悪い出来事の執着するのは良くないよ。僕にできることがあったら何でも言ってね」

まるで立場が逆になってしまった。自分のしたことを棚にあげてジュードは私から別れようと言われたことを根に持っている。

それならこのまま別れたままで彼を恨み続けた方がいいんだろうか。

アンソニーも私が言ってることが正しいし、今回の喧嘩はジュードは水に流すべきだと言っている。

ジュードはアンソニーに、
「NYに着いてすぐ彼女にメールしたんだ。今回こんな風になってしまってごめん、僕はこんな風になりたくなかったし、まだ僕たちについて、そして将来がどんな風になるのか話したかった、と。そうしたら僕たちは堂々巡りにはならないから。僕はそんな話し合いがしたいんだ。まだ返信来てないけど」

と言ったという。

アンソニーは私の気持ちがよく分かると言ってくれた。でも体に良くないから落ち着いてと労わってくれた。

3月10日になった。

私は周りからNY行きはやめた方が良いと言われた。でもNYがパニックになる前だったので、NYの友達は私たちが大袈裟すぎると思っていた。

同時に私はシカゴの親友にも連絡を取ってジュードの話をした。その親友はジュードのことが大嫌いだ。そして私が聞きたくないこともストレートにはっきり言う友達だ。彼は言った。

「君は彼から欲しいものはもらえないよ。ジュードは君に怒るよりも先に自分が何をしたか考えるべきだ。僕は彼にそう言ってやりたいよ。そして君の代わりに奥さんに全てを話してやりたいよ。このまま付き合っていても悪循環が続くだけだよ。だから彼からはもう去るべきだよ」

私は混乱していた。ジュードは私のことなんてどうでもよくなっちゃったのかな……。

アンソニーはジュードにメッセージをするが、なかなか返って来ない時もあった。それでもアンソニーは伝えてくれた。

「さくらがあなたと話したいって言ってるから連絡してあげて。こうやって僕がいつもあなたに伝えないといけないのもちょっと変だよ。だからもっと二人で話し合って、コミュニケーションも取ることを願うよ」

シカゴの親友が言っていることに対して、アンソニーは否定しなかった。シカゴの親友はジュードは嘘つきのモンスターだと言う。妊娠中に彼が何をしたか分かっているのかと。

　私は胸が張り裂けそうだった。もしかしたら本当に彼から去るべきなのかもしれない……。

　アンソニーは言った。

「僕がさくらの痛みを癒やしてあげられればいいのに。あなたはこんな目に遭うべきではないよ。僕はもうあなたが傷付いているところは見たくないよ」

　本当に優しいアンソニー。彼はそれもジュードに言っていいなら言うと言った。

「悪いのは私じゃない。私を利用したジュードだ」

「僕もそう思うよ」

　アンソニーは来週ジュードに会うらしい。その前にメールで色々言ってくれた。

「あなた、僕のメールには返信するのに彼女のメールは見てるの？　彼女が傷付いてるのを見るの辛いんだ」

　するとジュードは、

「付き合っていた頃と同じようには連絡していないよ。だって去年の9月に彼女が僕たちの交際を終わらせたのだから。そのあと君とはランチをしたり、12月にはディナーもした。彼女とのことは色々と聞いてもらって感謝している。そして1月の東京出張では彼女と確かに会ったけれど、2回目に会った夜彼女が取り乱していてとても話し合える状態ではなかったんだ。そういうことがもう無理なんじゃないかと思わせるんだ」

　アンソニーが送って来てくれたジュードのメールのスクリーンショットを見て私は怒りが込みあげてきた。

　どんなつもりでこんなことを言っているんだろう。話ができなかったのは、夜中の1時まで連絡もしないでホテルのロビーで待たせたからなのに。その2日前には、私の体を散々楽しんだくせに。

私はアンソニーにこんな返信を書いてもらった。
「僕は二人の力になりたいよ、ジュード。あなたが“僕たちは付き合ってないから”って言うことは理解してるし彼女も理解してると思うよ。でももしあなたが僕とディナーをした時に言ったように、彼女とよりを戻したいなら僕は応援するよ。それに僕があなたの立場で、誰かとよりを戻したいと思ったら、その気持ちを正直に伝えて努力すると思う。あなたが東京の夜のことを怒っているのは分かるけど、すぎたことは水に流して許してあげないと。さくらだって君が過去にしたことをたくさん許してきたようにね。彼女はずっと傷付いていたし、彼女があなたに別れを告げたことより、あなたが東京の夜、彼女にしたことの方がひどいと僕は思うよ。遅くなることを彼女にちゃんと伝えておけば、喧嘩にはならなかったんじゃない？　コミュニケーションが大切だよ。本当によりを戻したかったら、二人共全てのことを水に流して前に進む必要があるよ。
あのたった一晩のことが忘れられなくて怒っているなら彼女にそう言いなよ。僕は二人がもっと話した方がいいと思う。もし彼女が君を愛していなかったら、夜中まで君のことを待っていたりしなかったわけだし。
もうあなたはよりを戻したくないの？」

それからアンソニーにジュードからメールの返信が来た。
「傍から見てイライラするのも分かるし、君がまた僕たちを助けたいと思っているのも分かる。新しく関係を築くためには、お互いが正直にオープンな会話をすること。過去にしたような喧嘩をしないようにどうしたらいいか、何ができるか話し合わないといけない。“僕が君を傷付けた、君が僕を傷付けた、君が別れたんだ、また元に戻った、君が僕を責めている、今はお互い様だ”などと言っていても何も解決しないからね。
　君が言った“水に流して前に進む”ということについて、正直言ってそれはみんながてきることではないよ。そして僕と彼女がネガティブな過去を新しい何かに変えていけるかが大切なんだ。それが僕が本当に彼女と話し合いたいこと。
　僕たちはちゃんと話す必要がある。それを僕たちが次に会う時にできたらいいなと思っているよ」
　それに対するアンソニーの返信はこう答えてもらった。
「彼女だってまだ色々な気持ちの中でもがいているはずだよ。でもそれって人間として普通のことだよ。でも大事なのは受け入れて理解して、妥協することだと思う。彼女の良いところと彼女と作った思い出を見てよ。そして彼女との写真を見て。今のこの世界で何が起こっているか見てよ、愛する人と楽しまないと。彼女と話してどうだったか教えてね」

　予定では3月の18日に話す予定だったが、そもそも私の飛行機も航空会社側がキャンセルをし、彼のオフィスも完全に閉まってしまうのでリモートワークになるということで、私のNY行きも二人の話し合いも延期になった。そしてもちろん、アンソニーとジュードの食事もキャンセルする羽目になってしまった。
　そこでアンソニーからまたジュードにメールを送らせた。
「付き合っていないと言い続けてるけど、ジュード、あなただって一緒に前に進む話し合いをしたいんでしょ？　もうすぐ彼女の誕生日だから、彼女があなたのサプライズディナーをしたみたいに、何かしてみたら？」
　するとジュードは「考えるよ、今はとてもたくさんのことを抱えていて余裕がないんだ」と返信してきた。コロナで私の誕生日どころじゃなかったんだろう。

しかし私の誕生日の当日にメールが来た。
「誕生日おめでとう、そして素晴らしい日になっているといいな。東京もどこも全て今大変だけど、君と君の家族の生活が普通に戻ることを祈っているよ」
当日にメールをくれたのは嬉しかった。そして私は、
「うん、今は落ち着かない。そしてたくさんの人が命を失うと思う。でもいつかまた、良いことが訪れると思う。私の誕生日にこんなことが起こっているなんて変だけど、いつかは良くなるはず。このパニックのあとは落ち着く日が来るから。私たちの家族のことを考えてくれてありがとう。私も心からあなたとあなたの家族の無事を祈っているから」
返信はすぐに来た。
「ありがとう。君は本当に美しい人だ、さくら」
私はそれに対して何も返信せず、これから彼がどうするのかと考えていた。と言うより待っていた。きっと連絡をくれるだろうと思いながら……。

しかし4月になってもあのメール以来何もない。私はアンソニーにはずっとどうすればいいのか相談をしていた。
「私はジュードが恋しい。恋しいと思ってはいけないのは分かっているけど」
「何にも恋しがることはないよ。君は昔のジュードが恋しいだけ。今のジュードは最低で君を幸せにできないよ」
「私は彼の良いところだけを考えてる」
「誰も人を変えることはできないから。僕がジュードを変えられればいいんだけど」

アンソニーは本当に優しくて素晴らしい友達だ。彼は素敵な男

性と出会って今現在とても幸せにしているので、私も嬉しく思っている。

私もアンソニーもジュードのことが全く理解できなかったが、アンソニーはいつも私を励ましてくれていた。

「前向きに考えよう、僕が近くに居てあげられない時にさくらが悲しんでいるのを見るのは辛いよ」

それでもジュードがいない私は孤独だった。

XXXVIII. バイバイ

ジュードが私に連絡してこなくても、私がアンソニーにお願いしてジュードの状況を探ってもらった。ジュードはロックダウンのため、リモートワークで、小さな子供2人と上の3人との四六時中一緒の生活は大変だが、皆健康だと言っていたらしい。そして大家族で一つの屋根でずっと過ごすのもストレスで、それぞれ対立することもあるのも覚悟していたけど、ほとんどのことは予想以上にうまくいっていると言っていた。

自慢しているのだろうか。こんな話は知りたくなかった。コロナで家族の絆が深くなったと言いたいのだろうか？

私は怒りがしばらくおさまらなかった。幸せにしているなら、早く私との話し合いを終わらせるべきだ……。

2020年4月24日、5年前のこの日に私はジュードと結ばれた。

私は、私に長い間嘘をつき続けた人を愛した。5年という歴史があって、どんなに辛くてもすぐに忘れることなんてできない。そしてコロナ。もういつ話せるか会えるかも分からない状態だった。私は彼を私の中から消さないといけないと考えていた。

しかし彼を失うのが怖い。「あの時楽しい時間を過ごしたからってよりが戻ったわけじゃないから」、「僕たちはもう付き合ってないから」とはっきり言われたのも忘れられない。私は彼を本当に恨む前に終わらせないといけないと思った。

そして5月になった。私が彼に別れを告げてから7ヶ月という月日が経っていた。NYは5月の17日にロックダウンが解除されるというニュースを見た。やっとジュードと今後の話をできるのかなと考えていた。そして私はアンソニーに連絡をし、そろそろさくらにメールをしてもう本当に話さないといけないよ、と言わせた。

5/12

ジュードからメールがあった。そこには、
「さくら元気？　君も子供も大丈夫だといいんだけど。東京はコロナの感染者が増えてきたって聞いたけど対応できてる？
NYCはまだすごく酷くて完全にロックダウンの状態が続いている。僕が普段よく会う人たち、同僚から友達、義理の弟までコロナにかかったよ。でも生き残ってもう大丈夫。家族全員同じ屋根の下でずっと一緒に居るのはすごくストレスで、特に上の子たちは友達との交流もできないし辛そうだよ。下の子たちは大丈夫だけど、預けるところがなくて僕が見ないといけないからクタクタだよ。リモートワークも家族が周りにいるからしづらいし、クライアントの事業もコロナで影響してしまって、何人かは仕事の時間や給料を減らしたり、クビにしないといけなくなったよ。年末までには良くなってくれればいいけど、全く分からないね。そしてまた夏の終わりまでには旅行ができるといいな。また日本に行けたら良いな。多分東京のオフィスは7月のパーティーを10月にずらしたと思う。話せるようになったら前向きな話ができるといいな。君と家族が健康で居ますように。ジュード」

彼の家族のことなんて知りたくなかった。そして何もなかったかのようなメール。私にひどいこと言ったのを忘れたのだろうか。

私はこう彼に返した。

「あなたなんだか前に話した時と変わったね。前はすごく冷たくて、僕たちもう付き合ってないんだから、コロナの話や何を食べたかなんて話す気ないからって言ってたのに。しかも僕の心配なんてしなくていいからって。それから8週間何も言ってこなかったからもうあなたは私と話すことに興味ないのかと思っていた。実際アンソニーに勧められなかったら、あなた私にメールなんてしなかったでしょ？　何があったの？　私たちどうするのか話し始めた方がいいと思う。あなたが私とどうしたいか、そして私がどうしたいかをね。そうしたら実際会って話せるようになった時にもっと前向きになれるから。私はあなたが私たちのことをどう考えているのか知りたいの」

返信はすぐに来た。

「前回僕が冷たかったのかどうかは分からないけど、コロナがここまで大変なことになると思っていなかったからかもしれない。だから今はNYがこうなってしまったから僕も話そうという気持ちになったのかもしれない。何より僕たち二人共あの時はとてもイライラしていたからね。

そして僕の気持ちはどこにって？　去年の9月、君が僕たちの交際を終わらせた。その1ヶ月あとに僕に連絡してきた時は、僕たちの付き合い方の新しい可能性について考えていたんだと思う。以前のような堂々巡りはもうやめるということだったんだよね？

でも1月に会った時はそれができなかった。あの時の別れ方を思い出すと、昔の悪い状態に戻ったようで、これからの僕たちの関係について希望を持てなくなってしまったんだ。

僕たちの新しい関係について考えると、決める役割は君にあると思う。君の望みが叶えられなくて惨めになったという理由で、君は僕から去っていったんだからね」

この恋愛が辛いものになるかどうかは私次第と言いたいのだろうか。やはり彼は身勝手すぎる。

「確かに私から別れたよ、だって私はいつも悲しくて惨めだったから。それにあなたの愛も感じなかった。もう限界だったの。でも私があなたに連絡を取ったのは、ただあなたを失いたくなかったから。私に決める役割があるというのは、どうしたいか私が決めていいってこと？　私は自分の気持ちをあなたに伝え続けているし、1月に会った時も私の気持ちは分かったでしょ？　私はもっと一緒に過ごしたいって言ったけど、あなた疲れているからって私を拒否したよね。私たちは1月に会った時に私たちのこれからについて話すことができなかった。というか、去年の夏以来私たちほとんど話せてなかったよね。私たちいつも時間なかった。そして私だって予定してなかった喧嘩をしてしまった。あなたはその喧嘩のことばかり繰り返して言っているけど、でもね、もしあの日の夜私をホテルの部屋で待たせてくれていたか、遅くなるって連絡をくれていたら、あんなことにはならなかったと思う。私は夜中まで寒いロビーで一人で待っていたのよ。連絡も付かないあなたのことを。でもあなたは『僕たちはもう付き合っていないから』『君が僕と別れることを決めたんだ』『待ってくれなんて一言も言ってない』って言うけれど、あなたのしたことは、友達同士だって許されることじゃないと思うわ。

私が望む“新しい関係”は、あなたの都合の良い時だけ、あなたが会いたい時だけ、一緒に過ごす関係ではないわ。

私はあなたと一緒に居られるならあなたの人生の中心的な存在でいたい。でもあなたが私のそんな気持ちに応えたいと思っているかどうかはもう分からないわ」
「分かった。君の気持ちを理解しようと努力してるんだけど、正直言って君の言っていること一つひとつに答えるのは簡単じゃない。僕が前に言ったように多分メールでは伝えきれない。だから僕たちが話せる時に話すのが一番だと思う。じゃないと勘違いしたまま終わるのが怖い」
私はそんな難しいことは言っていない。彼は時間稼ぎがしたいのだろうか。
「あなた私に怒ってるの？　もし私の言ってることが間違っているなら、あなたはどうしたいの？」
「もうこれ以上話していてもお互いイライラするだけだ。実際に会って話せる時にしよう」
「私はもう会って話す日を待つ気はないよ、だっていつになるか分からないし。今回だって話そうって言ってからもう8週間経ってるよ。ロックダウンになってから全く連絡してこなかったってことはもう私に興味ないんだと感じてる。だからもうあなたは答えが出ていると思うの」
悲しかった。私がどうしたいかはジュードは分かっているはずだ。なのに彼がどうしたいかって教えてくれない。私は彼からこの関係は君次第と言われたから思っていることを言っただけなのに。彼の言っていることの方が分からなかった。

このやり取りの4日前に、私は奥さんがロックダウン中の家族7人の様子をFacebookに投稿したのを見ていた。幸せそうな写真だった。彼はもう家族のために生きていこうと思い始めていたのかもしれない。

ロックダウンで離婚する夫婦はアメリカでもたくさん出たらしい、でもこの家族はその逆だったのか？　彼は両腕に下の二人を抱えて髭は今までにないくらい伸ばし放題だった。怒りも嫉妬もないけれど、なぜか胸が苦しくなった。

そしてその写真をアンソニーに送った。そして今までのメールのやりとりも全て報告した。アンソニーは、

「ジュードはいつもそうじゃん。自分の都合良い時にしか返信して来ない。めちゃくちゃ自分勝手だよ。僕は驚かないよ。もうあんな奴に何も期待しちゃダメだよ。ファック ジュード。アイツは普通じゃないよ。常識もない」

その後私たちはスカイプで話すことになった。私は、言いたいことを言って、それでもダメだったらしょうがないと思ったけど、彼がどうしたいのか分からなかったので、スカイプで実際に顔を見て話すのがある意味楽しみだった。久しぶりに見た彼は奥さんがアップした時に写っていたジュードのままだった。と言ってもマスクをしていたので外してと言ったら外してくれた。髭も髪の毛も伸び放題だった。私は思わず笑ってしまい、その様子をスクショして、電話が終わったあとにアンソニーに送った。そして本題に入った。

ジュードが私にこれからの二人の関係について“僕を説得してみて”と言ったので私はシンプルに、この彼に会えない時間で自分が随分変わったことを強調した。そして次にいつ会えるか分からないけどまたできる限り連絡を取り合っていき、関係を元に戻したいと伝えた。でもただよりを戻すのではなく、今までのことは全てお互いに忘れて新しい関係を築いていきたいと。それしか言いようがなかった。でもちゃんと、彼が日本に来た時は彼を空港まで迎えに行きたいし、ホテルでも一緒に過ごしたいという希

望も伝えた。

彼は全て聞いたあと、「本当にそれでいいのか？　それでやっていけると君が思っているのが信じられない」と言った。私は、「じゃあもうダメってこと？」とストレートに聞くが、彼は、「愛してるよ。ダメじゃないけど、でもまだ君の言うことが信じられないんだ。僕は以前のような言い争いや喧嘩はもうしたくない」

と言った。20分のはずが40分くらいになってしまい、もう帰らなきゃと言われ、また話そうということになった。2日後、私は色々と考えてジュードにメールをした。

「親愛なるジュード。私、決めた。新しい関係は1ヶ月に数回オンラインでやりとりをして、あなたが東京に来た時は一緒に過ごしたい。私はただあなたと良い時間を過ごしたいだけなの。あなたに確かに愛されていると信じて、私はそんな関係を始めたい。どう思う？　もう一回私たちにチャンスくれない？」

ジュードは「分かった。じゃあそのことは次回話そう」と言ってくれた。しかし次の電話の日の直後に、話せなくなったと彼からメールが来た。

その日は奥さんの誕生日だった……。

その代わり次の日に私たちは会話をした。同じような内容の話から私の気持ちを頑張って伝え、彼を説得しようとした。彼は時折、「まだ分からない」「僕たちはもう付き合っていない」「でも君を気にかけている」「君をまだ愛してる」と強調してきた。何を言いたかったんだろう？　そして結局今回はあまり時間がなく、十分に話せなかった。急がないからどうしたいか決めて欲しいと彼にお願いをして電話を切った。でも次にいつ話すかは約束しなかった。

もう6月になっていた。時が経つのは早い。新型コロナの感染拡大でNYがロックダウンになり、3ヶ月が経とうとしていた。私はもうある程度覚悟ができていた。こんな風に振り回されるのも嫌だし、充分待ったという気持ちだった。アンソニーに言った。
「もしジュードが私のことを愛していたら、私が伝えた簡単な提案を受け入れるでしょ？　それもしたくないとしたら彼は私のことを愛してないんだよ」
彼は私の時間を無駄にしている……こうやって振り回して……そう思ったら怒りが込みあげてきた。

6月8日に彼とまた話した。私の希望について彼はこう言った。
「1ヶ月に数回の連絡なんて君が納得する前に僕が嫌だ。僕は相手が満足して初めて幸せを感じることができるから」
「じゃあもっと話すようにしようよ」
「でもそうしたらまた喧嘩になって君に傷付けられないか心配なんだ」
「だって怒らせたのはあなたでしょ?!」
そんなやりとりをまた繰り返していた。
じゃあどうしたいの??　また傷付くってどういうこと？　既婚者と付き合うことで傷付いているのは、私の方なのに。
2019年の10月から2020年の6月まで8ヶ月待たせた挙句、最終的には彼はこう言った。
「君を完全には切りたくない……」

その瞬間私の中で何かが切れた……。

切らずにこのままでいったいどうする気なのか。私はできることは全てやった。でもジュードの態度は私のことを愛しているのでなく、引き延ばして延ばして私を怒らせないようにするためだったのか？

私はふざけんな！　と怒鳴り、彼も私に“Fuck off”と言い、私は激怒したまま電話を切った。怒りが収まらず、アンソニーにメールをした。そしてジュードも同時にアンソニーにメールをしたスクショが送られてきた。そこには、

「さくらと最悪な電話をした。時間がある時に話せない？」

そして私にもジュードからメールがあった、そこには

「こんな電話の終わり方嫌だよ。僕そんなの望んでいなかったから。また話したい。アンソニーに連絡をして彼に君と話せるように協力してもらうように頼んだから」

私はそのメールに関しては返信せず、携帯代を返してもらうように銀行口座の情報だけを彼に送った。

もう絶対に許さない……。

次の日また彼からメールがあった、そこには

「今日アンソニーと話したよ。君と話してくれるといいけど。あと、銀行口座情報だけが記載された君からのメールを受け取った。僕たちが話し合った金額を送金するつもりだから、アンソニーを通して何度かに分けて。でなければ次10月の東京の時に」

まだ送金を引き延ばすつもりなのか。たった60万くらいどうして潔く払えないのだろう。

それからアンソニーとジュードのやり取りが始まった。アンソニーには「ジュードが僕に間に入ってもらって3人で話したいと言ってるからどう？」と言われたが、怒りが収まらず、また喧嘩になるだけだから二人で話して欲しいと頼んだ。アンソニーは理解してくれて、二人のやり取りのスクリーンショットを私に送ってくれた。

「さくらはあなたと話したくないって。ジュードに“Fuck off”って言われたからって。なんでそんなこと言ったの？　理解できない。携帯代返すのに助けが必要だったら言って」
「さくらも僕に同じこと言ったよ。僕たちは喧嘩していたから」
「あなたは何を彼女に言いたかったの？　何について話したかったの？　僕、何か伝えようか？」
「僕は今ゲームをする気力がない」
「彼女はゲームなんてしてないと思うよ。彼女は今すごく傷付いているんだよ」
「僕はすでに彼女にこんな話の終わり方をしたくなかったと伝えたよ。そして話したいとも。君に間に入ってもらって助けてもらいたい」
　ジュードは謝ろうという気持ちは全くないようだ。そこが許せない。
「僕はこの会話を喧嘩のまま、そして罵声を浴びせ合いながら、お互いが怒ったままで終わらせたくなかった。僕が、怒ったりイライラして罵声を浴びせたことは謝る。だから僕はまた話したい。もし彼女が今後一切話したくないなら、もうしょうがない、それを尊重するから」
「分かったよ伝える」
「新しい関係を提案してきたけれど、彼女は何も変わっていない。成長が感じられないね。携帯代はこれから3ヵ月かけて、毎月君にお金を渡すから、彼女に返してくれないかな。多分彼女は10月に僕に会ってくれないと思うから」
　私は、彼を取り戻したかったから、辛くてもグレードが下がっても、新しい関係を提案した。それなのに成長とはどういう意味で言っているんだろう。いつ来るかわからない彼からの連絡を待ちながら毎日過ごせっていうの？

彼のことを本当に嫌だと思った瞬間だった。アンソニーにはこう伝えた。

彼はただ穏便に終わらせたいだけ。私を怒り狂わせたくないから。ただ私を落ち着かせて消えたいだけ。

アンソニーは早くお金を返してもらって終わらせようと勧めてきた。そして私にどうにか落ち着いてと。もうこんな怒りと辛さと悲しみはやめようと。

もう本当に永遠に終わりにしよう、なぜならそれによって彼が私に何をしたか分からせる必要がある。

眠れない。毎日毎日怒りで眠れない……。

私はあえてアンソニー経由でこのメールをジュードに送るようにと、最後に言いたかったことを書いた。アンソニーも読めるとジュードに分からせるため。

「私は携帯代を倍にしてないよ。これは私たちが話し合って出した金額。これはあなたが使ったものだから。私は去年悲しくて落ち込みながらあなたに別れを告げた。でもあなたを失いたくないと思って連絡をした。あなたはアンソニーと会って、私との前向きな新しい関係を作りたいと言った。そしてあなたは1月に私に会うと話してそして会った。でもあなたは1回会ったあと、私にちゃんとした対応をしなかったよね。あのね、私は何の連絡もしないでありえない時間待たせる人なんて一緒に居たくないの。私は連絡をしたいのにたった電話での連絡も取れない人ともう一緒に居たくないの。

私言ったよね？　あなたと友達になれないって。そしてあなたは10月までまた私にどんな気持ちにさせようとしてるの？　私はあなたと別れてすぐに私の愛と気持ちをあなたに伝えて謝ったよ。私は1月に会った時、あなたに対して誠実だった。

お願いだから1月の喧嘩が私たちがもうやっていけないと思わせるとか、私をまた幸せにする自信がないとかの言い訳にするのやめて。あなた私と何がしたいの?! 本当に分からない。

もうさ、お互いの時間を無駄にするのはやめよう。あなたは私たちが別れた時点で、もう答えを出していたんでしょ? 私はそれに気付いたよ。私は私たちの“愛”を信じたかったけど、あなたは私のことを愛していないと気付いた。言葉より行動が物語っているから。

だからもう終わり。私は本当にこれを早く終わらせたいの、だから一括で払ってね。これはあなたが使ったもので、去年の9月から返すからと言っていたもの。なんでたったの60万円も持っていないのか理解できない。私はもうあなたの嘘と言い訳にはうんざりなの。私はまだ流産からの鬱と落ち込みから立ち直ってないの。精神科医に通っていて薬を飲んでるんだよ。あなたがどれだけ私を傷付けたか、あなたは何も分かっていない。だからもう永遠に終わらせましょう。

あと、お願い、もうアンソニーを使って私に連絡しようとしないでね。彼はあなたの友達じゃないから」

するとジュードはアンソニーにこんなメールを送った。

「彼女の今の状況がすごく悲しい。僕は混乱している。たくさんの書かれていることが正確ではないし、フェアでない。もし彼女が僕と一切会話をしたくなくて、ただただ携帯代を払って欲しいと言うなら、

1、どうやって“同意した”額について激しい喧嘩をしないで話すの? そして、

2、僕はただ今すぐに払うことができないんだ(正直言ってその額のスペアキャッシュがないのと、COVIDで33%給料がカッ

トされたから払うのに数ヶ月かかるんだ)」
　そのメールにアンソニーと私は一緒に考えた、そして、
「二人で返済についてはいくらか話し合ったんでしょ？　僕は、彼女が完全に心を閉ざしてしまってすごく心配してるんだ。あなたは既婚者でしょ？　彼女は一人で傷を抱えて苦しんでいるんだよ。もう現実的になろうよ、あなたは頭が良い人だから分かるでしょ。って言うかあなた悲しいって言うけど、彼女の立場に自分を置いてみて。彼女が今までどれだけの思いをしてきたか。勘弁してよジュード」
「彼女は月曜日にいきなり60万と提示して来て僕のメールに返信しなかった。彼女が傷付いているのは僕だってはっきり分かる。でも僕はいったいどうしたらいいの？　悲しいのは僕だって同じだよ」
「あなたは彼女がこの数年間すごく頑張ってきたのにもかかわらず、限界まで追い込んだんだよ」
「じゃあ僕が悪者なんだね、分かったよ」
「あなたはもう彼女に対してできることは何もないよ。あなたは自分が悪くないと思っているの？」
「分かってるよ、僕は自分を完璧な人だって言っているわけじゃない、でも交際が終わったからって僕が悪者にならないといけないの？」
　ジュードは自分が何をしたか分かっていないのだろうか。
「え、ジュード、今あなたが言ったことって、自分は何も間違ったことしてないって言ってるように聞こえるんだけど」
「違う、責任は僕たち二人両方にあると思う」
「違う、全ての状況を見てよ、この最後のシチュエーションだけじゃない」
「見てるよ」

「一度でいいから自分を彼女の立場においてみてよ」
「先週君と話した時に、僕が彼女に思わせぶりなことを言わない、もしくは希望を与えないようにしてるって言ったのを君は聞いたよね？　それは彼女を思ってのことだから」
「想像してみてよ、あなたの愛する女性が同じようなことを言われたらどうする？　僕はさくらが完璧だったとは言わないけれど、自分のしたことをもう一度よく考えてみてよ」
「僕が結婚していることは、彼女は最初から知っていたよ。それが分かった上での付き合いだったはずだ。僕は彼女を騙したわけでもないよ」
「もちろんそうだけど、あなたは彼女になんて言った？　彼女はあなたとの将来を楽しみにしていたんだよ、考えてみなよ」
「彼女は僕の家族がNYにいることも知っていたし、僕が子供たちを大事にしていることも納得していたよ」
「そしてあなたは奥さんがまた浮気をするのを待って、同時に子供たちも大きくなって離婚を理解できる歳になったら離婚して彼女と一緒になるということも言ったよね。ただ付き合っていただけじゃないでしょ？　僕は全部知ってるんだよジュード、覚えておいてね」
「確かに一度言った。その時の僕の願望だったけど、まだ起こっていないことを言ったことを後悔しているよ」
1回じゃない。彼は確かに何度も言った。
「僕は彼女の立場になって話してるんだよ、誰が彼女の立場でももう限界だと思うよ。よくここまで頑張ったとも感じるよ」
「できないことを言ってしまったのが僕の最大の過ちだった。そんなことを口に出して言うべきではなかった」
「だけどあなたはやったんだよ。それを今変えることはできないよ」
「分かってる。それは僕の責任だ。でも今ここで僕が100%悪い奴にされてる。僕は彼女を騙したわけでも嘘をついてもいない」
「彼女はあなたを愛して、あなたとの人生を考えていたのに彼女を裏切ったでしょ？」
「僕はわざと彼女を裏切ったんじゃない。NYへの異動は会社が決めたこと。僕が望んだわけじゃない」
　アンソニーとジュードのやりとりは、結局同じことの繰り返しだった、私は怒りで気が狂いそうだった。怒りでまた眠れなかった。

　そしてジュードとアンソニーとのやりとりの次の日、2020年6月18日こんなメールが私に届いた。
「僕たちは辛いこともあった、悲しいこともあった、でも東京に一緒に居た時の僕たちは本当に幸せだったと感じている。それは僕の心の中や記憶からは取り去ることはできないよ。たとえその後に辛いことがたくさんあっても。
　僕は君に幸せになって欲しいよ。君は愛情深い素敵な女性だ。また信じられないくらいの強さも持っている。そして君の仲の良い友達たちと家族が君を支えてくれて、君がもっと良い状況になれることを信じている。もちろん、電話代は払うよ。10月に君と会うまで引き延ばそうとしてたわけではないよ。だから送金するよ。けれど誰かを通してじゃないといけない、例えばアンソニーに数回分けて払うようにするから。
　去年の9月のようになってしまってごめんなさい。君の幸せを願うよ。こんなことになってしまったけれど、僕は君への愛をいつも持ち続けているから。ジュード」
　この日は皮肉にも私の子供の誕生日だった……。
　はっきり言って何も感動しなかった。それどころか怒りがさらに込みあげてきた。

私は5日前の奥さんの投稿を思い出した。長女が高校を卒業したらしく、家族写真のジュードの顔を思い出した。そして同時に奥さんが“できれば6人目が欲しい”とコメントしていたのも思い出した。

彼は結局私ときれいに別れたいだけなんだ。怒りがおさまらない私はもうアンソニーにはジュードとのやりとりをやめるように言った。そして2日後ジュードにメールを送った。

「アンソニーがもうあなたとは話したくないって言ってるよ。あなたは彼のストレスを増やしてるの。あと、なんで私があなたの愛情に気付き、感謝して癒やしを受けるの？　なんであなたの愛を認識するの？　どうやって？　これがハッピーエンディングなんてフリするのやめて。だからあなたは誰か代わりの人を探して携帯代送金してね、でなければ自分で銀行に行って、自分で全部やって。アンソニーはこれ以上巻き込まないでね」

「分かった、理解した。フェーズ2のリオープニングでNYがオフィスに戻ることを許可してくれたら一部を送金する。まだ政府からのアナウンスがない、でも来週にはできると思うから」

2020年6月25日、ジュードからのメール。

「君が傷付き続けているのが分かる。あと僕が何を言ってもその傷を増やすだけなのも分かる。君の言う通りにするよ。携帯代を払ってアンソニーとの会話もやめる、そしてこのGmailアカウントも削除するから」

7月2日ジュードからのメール。

「今日はオフィス初日だから送金できた。試しに5万円送ったから確認してみて」

次の日にもう入金されていたので、

「5万円入金されてるの見てるよ、だからこのやり方で返済にどれくらいかかるか知らないけど、あなたの愛しい奥さんに許可をもらってジョイントアカウントからお金引き出してよ」

私は彼を追い詰めて追い詰めた。返済の時間がかかればかかるほど彼への恨みは増してきた。

それから1週間後。

「15万を送金したから。君からの確認メールも見たから。今はNY州の規定で、連続して3日までしか出社できないんだ。9月までに残りを2回に分けて送金するから」

私は毎日毎日怒り狂っていた。怒りで夜も眠れずいつの間にか睡眠薬漬けになっていた。

私と別れて何もなかったように奥さんのところへ戻るんだ。

私は今まであなたをかばうために全てを犠牲にしてきた。私も私の子供もたくさん傷付いた。私の子供は当時の記憶がないらしい。私は一生子供には償っていかないといけない。

でもあなたがしたことは、誰か知ってる？　知らないよね？

私、何度も言ったよね？　慰謝料ちょうだいって。お金じゃないよ、もちろん。でもね、もうこんなに傷付いたら、癒やしてくれるものは全てお金がかかるの。それでもあなた、言ったよね？そんな金ないっ！　って。どうしてジョイントアカウントなの？どうして浮気してるなら隠し口座持たないの？　どうして給料明細も全て奥さんに握られているのに浮気してるの？　どうして自分も浮気を重ねていた奥さんにそこまでさせてるの？

私ね、付き合っている時に色々聞いたよね？　でも子供のためだからって言ってたけど、じゃあ私は？　私のことこんなにバカにしていいの？

見くびらないでね。絶対に絶対に許さないから。

あなたがもし私の言う通りにしていてくれれば、約束を守ってくれれば、あなたは今から地獄を見なくてすんだんだよ。全部全部私に我慢させたよね？　嘘をつきながら……。

私、あなたの奥さん大嫌いなの。私に「金が目当てなのか？」「旦那の子供を妊娠してるのか？」と言ったことは忘れられない。私はあなたが5人目を作った時に、もうあなたを信用するのはやめたの。いつか、いつかまた裏切られるだろうからその時に復讐してやろうと思っていた。そうしたらやっぱり裏切られたの。

この日が来たよ、ジュード。

さかのぼること2018年。

私がジュードの子供を妊娠した時だった。

私はどんなことがあってもこの子は産みたいと思ったのと同時に、ジュードの奥さんに対して私にも子供がいるという強みを持ちたかった。しかしその時は彼の家族に言う気もなければ彼の家庭を壊そうという気持ちも全くなかった。

ただ……何かあった時のために当時の会話を全て録音した。ざっと見て2時間から3時間も話しているものがたくさん、合計30時間ほどのデータだった。

「その子は僕の子だね」

「愛してるよ、さくら。僕が一緒に居たいのは君だけだ」

「僕は妻を愛していない」

「じゃあなんで5人目作ったの？」

「よく分からない、でも愛しているのは君だけだから」

「妻があと2、3年したらまた遊びまくると思うから、そうしたら親権を取って彼女とは別れて君と一生一緒に居るから」

私は動画スクールで学んだスキルを生かし、これらのポイントとなるところと会話を編集し、短くしたものをいくつか用意した。データが大きくなりすぎないように。

2020/7/25

「アンソニー、私やるよ」
「Fuck Them、あなたは正しいことをしてるんだよ。散々な目に合ってたくさんの苦境を乗り越えてきたのだから」
「ありがとう、いつも私の味方でいてくれて」
私はそのデータを架空のアカウントから奥さんのFacebookメッセンジャーに送った。彼の事務所の一番偉い人にも録音と今までの私とジュードの5年間を綴る長い文章を送った。

これで本当に終わりだね。
バイバイジュード。あなたは最低で最高の男だった。私からの最後のプレゼントをあげるわ。

[著者紹介]
SAKURA（さくら）
東京生まれ。学生時代をNYで過ごす。
帰国後就職、結婚し、一児を出産するがその後離婚。
シングルマザーとなり数年後、約5年間の不倫を経験。
今に至る。
Instagram： sayonala_jude

さよならジュード

2021年9月10日　第1刷発行

著　者　SAKURA
発行人　久保田貴幸

発行元　株式会社 幻冬舎メディアコンサルティング
〒151-0051　東京都渋谷区千駄ヶ谷4-9-7
電話　03-5411-6440（編集）

発売元　株式会社 幻冬舎
〒151-0051　東京都渋谷区千駄ヶ谷4-9-7
電話　03-5411-6222（営業）

印刷・製本　シナジーコミュニケーションズ株式会社
装　丁　立石愛

検印廃止

Printed in Japan
ISBN 978-4-344-93578-5 C0093
幻冬舎メディアコンサルティングHP
http://www.gentosha-mc.com/